CAROLE
TRÉBOR

RÉVOLTÉES

RAGEOT

Le rêve et le possible

On pourrait écrire : c'est un roman autour de la Révolution russe d'octobre 1917.

Mais aussi : c'est l'aventure de sœurs jumelles, semblables à ce Janus à deux visages, soudées et distinctes pourtant.

Et encore : c'est une histoire d'amour.

Ou bien : c'est une plongée dans la vie d'une troupe de théâtre, en pleine tourmente de l'Histoire.

Et même : c'est le récit d'amitiés que l'engagement questionne.

Révoltées *est tout cela à la fois, dense et vibrant à l'image de la jeunesse, son insatiable appétit d'expériences et de rêves. Ce roman incarne la Révolution russe à travers des personnages fous d'avenir qui, il y a cent ans, pris dans les glaces d'une société quasi féodale ravagée par les inégalités sociales et par une guerre absurde, décidèrent de ré-enchanter le monde. Leur utopie s'appelle pour les uns théâtre et poésie – les vers solaires de*

Maïakovski scintillent de chapitre en chapitre ; pour les autres elle a le nom rouge et tranchant de bolchévisme. Aux yeux de quelques-uns elle doit embrasser d'un même mouvement l'art et la politique, au risque de confisquer à l'art sa liberté.

C'est dans les rêves de ces jeunes gens que nous plonge le roman haletant de Carole Trébor, et le bouillonnement de leurs interrogations. Car une révolution est toujours pleine d'outrances, elle incendie et forge à la fois, elle est mort et renaissance, espoir et terreur, lumière et barbarie. La jeune Lena, radicale, épouse complètement la cause bolchévique, risque sa vie avec ses amis sur les barricades, sacrifie le bonheur présent pour une croyance éperdue dans le monde à venir, et son enthousiasme fustige les tièdes ; sa beauté naît de cette incandescence. Tatiana, sa jumelle, confronte cet idéal aux nécessités immédiates – travailler, se nourrir, se soigner, prendre soin de la grand-mère aveugle, rester fidèle aux camarades de l'enfance, préoccupations qui enracinent l'existence dans le présent, et donnent à l'espérance en un monde meilleur les traits d'un luxe lointain. Tatiana est la pente douce, incertaine, sa beauté naît de ses fragilités, qui la font si humaine. Lena et Tatiana, et les figures qui les entourent, incarnent ce dialogue de deux révolutionnaires dans le roman Quatrevingt-treize *de Victor Hugo, cité en exergue de ce livre :*

– Te voilà en plein songe [dit Cimourdain]

– C'est-à-dire en pleine réalité [dit Gauvain].

C'est la puissance de la littérature que de faire surgir d'événements singuliers, datés et situés, des réflexions universelles. Changer le monde est un projet soufflé à l'oreille des hommes sur toute la terre, et il n'a pas plus de fin que le conflit entre l'idéal et le possible. Lena, Tatiana, Piotr, Vitali et sa troupe d'artistes, chacun à leur façon nous tendent des miroirs à travers le siècle : ils parlent de nous, ici et maintenant, de nos rêves aux mille visages.

Valentine Goby, écrivaine

À ma famille, elle sait pourquoi.

Et à notre ami Jacques Dau, toi qui, par tes mots,
tes gestes, rendais visibles les choses du passé,
toi le conteur incroyable, l'incroyable comédien,
le comédien fidèle, fidèle à ses amis, fidèle à son amour,
fidèle à ses révoltes. Toi, le révolté incorruptible,
l'incorruptible homme de scène, comme tu vas nous
manquer, comme tu vas manquer au théâtre.
Puisse la relève être là, puisse-t-elle hériter
de ton élan inusable, de ton énergie qui se partage,
de ta foi en chaque projet qui s'invente.

« Qu'est-ce qu'un homme révolté ? Un homme qui dit non. Mais s'il refuse, il ne renonce pas : c'est aussi un homme qui dit oui, dès son premier mouvement. Un esclave qui a reçu des ordres toute sa vie juge soudain inacceptable un nouveau commandement. Quel est le contenu de ce "non" ? »

Albert Camus, *L'homme révolté*, 1951

« Les révolutions ont deux versants, montée et descente, et portent étagées sur ces versants toutes les saisons, depuis la glace jusqu'aux fleurs. Chaque zone de ces versants produit des hommes qui conviennent à son climat, depuis ceux qui vivent dans le soleil jusqu'à ceux qui vivent dans la foudre. »

Victor Hugo, *Quatrevingt-treize*, 1874

ceinture des Jardins
rue Tverskaïa
PLACE POUCHKINE
PLACE SKOBELEV
3
1
2
5
8
9
QUARTIER TVERSKAÏA
7
rue Bolchaïa Nikitskaïa
boulevard Nikitski
6
10
PLACE ARBAT
4
rue Arbat
KREMLIN
QURTIER ARBATSKAÏA
QUARTIER ZAMOSKVORIETCHIE
fleuve Moskova

LE CENTRE DE MOSCOU

1. Théâtre d'Art
2. Studio d'Art
3. Chez Tatiana
4. Taverne du comité insurrectionnel
5. Ancien palais du Gouverneur (comité révolutionnaire militaire)
6. Théâtre Paradis
7. Barricade
8. Le Bolchoï
9. Hôtel Métropole
10. Le monastère Saint-Nicétas ☦

0 300m

ÉCHELLE DU PLAN

LES LIEUX DU ROMAN

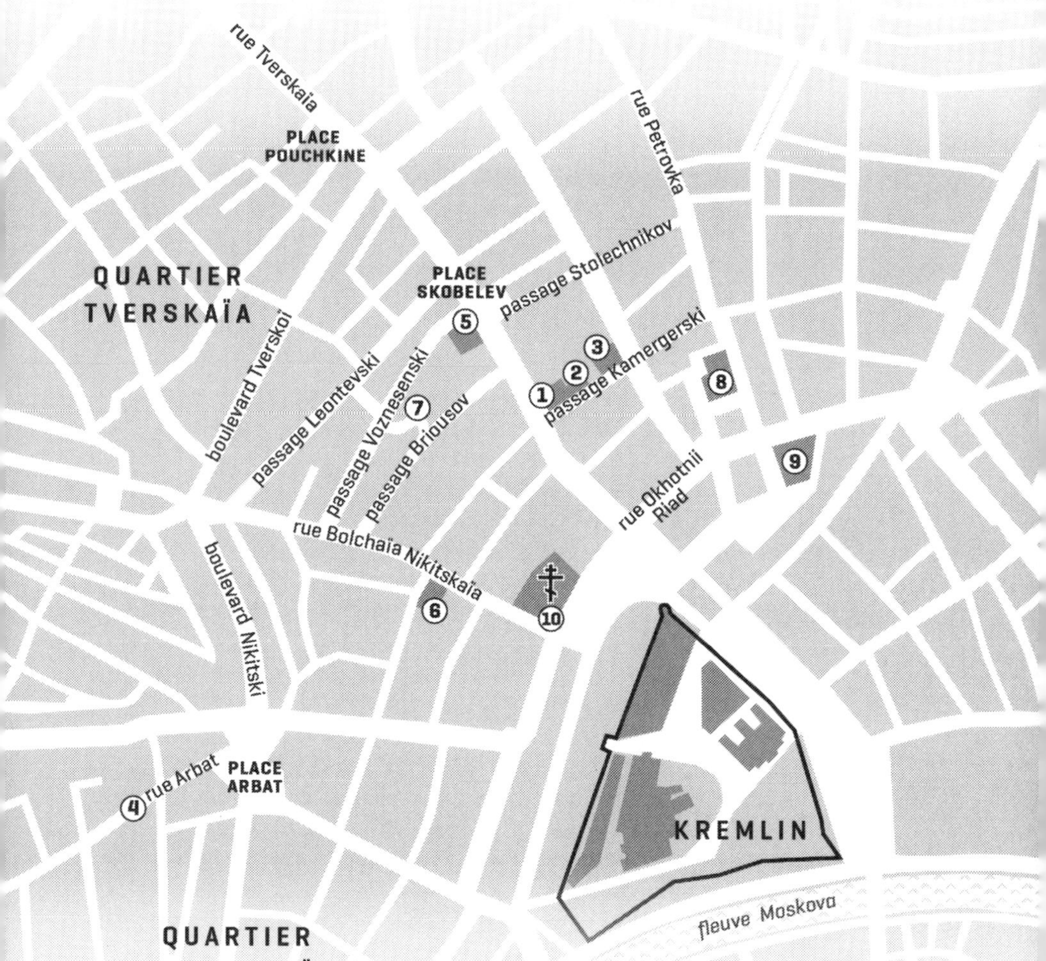

1. Théâtre d'Art
2. Studio d'Art
3. Chez Tatiana
4. Taverne du comité insurrectionnel
5. Ancien palais du Gouverneur (comité révolutionnaire militaire)
6. Théâtre Paradis
7. Barricade
8. Le Bolchoï
9. Hôtel Métropole
10. Le monastère Saint-Nicétas

1917.

La Première Guerre mondiale fait rage. Des millions de soldats russes périssent sur le front*[1].

L'hiver est rude, l'approvisionnement restreint et des usines ferment.

Poussé par le chômage et la famine, le peuple russe se révolte.

Les soldats se mutinent et rejoignent les rangs des insurgés.

La révolution de février 1917 voit l'abdication du tsar. Un gouvernement provisoire est nommé.

Mais en octobre, la révolte n'est pas éteinte.

Ouvriers, paysans, soldats, réclament la paix, du pain, du travail et la terre…

1. Les mots suivis d'un astérisque sont approfondis dans le glossaire en annexe.

1
Chacun son rôle

26 octobre 1917, milieu d'après-midi

Lena me guide dans le dédale des ruelles de Moscou qu'elle connaît comme sa poche, elle marche si vite que j'ai du mal à caler mes pas sur les siens. La nuit tombe et mon manteau de laine, mille fois rapiécé et agrandi par grand-mère, me protège mal contre le vent froid qui se lève. Elle a insisté pour que je l'accompagne aujourd'hui à une réunion clandestine dans la rue Arbat et je me suis débarrassée du ménage au théâtre ce matin pour pouvoir venir avec elle.

– Dépêche-toi, Tatiana, je ne dois pas être en retard !

Sa voix frémit d'excitation, elle a rejoint les rangs des bolcheviks* en février, et je lui ai promis de n'en rien révéler à notre babouchka[1]. J'accélère, il

1. Babouchka, qui signifie grand-mère, est utilisé également comme un terme générique et affectueux pour désigner les vieilles dames.

me reste encore le studio d'Art* à nettoyer et j'ai des costumes à y déposer pour un groupe d'étudiants en jeu théâtral. Il ne faut pas que je m'attarde trop.

– Pourquoi veux-tu que je vienne avec toi aujourd'hui ? Je n'ai pas adhéré à ton parti bolchevik.

– Parce que je veux que tu voies une réunion, ça te donnera peut-être envie de rallier nos rangs !

– Je n'ai pas le temps de faire la révolution, j'ai trop de travail. Et puis je ne serai pas une recrue très utile. À quoi pourrais-je bien vous servir ?

– Chacun son rôle. Tu trouveras. Et ce qui compte, c'est qu'on soit nombreux. Notre force, c'est notre nombre.

Une affiche bolchevik est placardée sur un mur de brique :

« Ne croyez pas le gouvernement provisoire !
Ouvriers, paysans, méfiez-vous, on vous trompe ! »

Je ne sais pas quelle serait ma place, à moi, dans ce nouveau monde qui pourrait survenir. Je m'estime déjà heureuse d'avoir mon emploi de femme de ménage.

Difficile pour moi d'espérer mieux. Grand-mère m'a toujours affirmé qu'il était inutile de se révolter contre ce qui existe, que Dieu était à l'origine de toute chose et qu'il ne servait à rien de lutter contre la Providence.

En traversant le boulevard Nikitski, nous dépassons un groupe de soldats aux uniformes abîmés. Leurs fusils en bandoulière, leurs baïonnettes se balançant à leurs ceintures, ils marchent, comme hébétés, les yeux vissés au dos de celui qui les précède. Ils semblent épuisés.

– Tu vois ces déserteurs, Tatiana, ils en ont assez de mourir pour le capitalisme, ils rallient nos rangs, murmure ma sœur.

– Mais ils vont être fusillés par leur état-major !

– Aucun risque, hier soir, les bolcheviks ont pris le pouvoir à Petrograd* !

– Les bolcheviks ? Et comment ?

– Avec l'aide des camarades soldats, ouvriers et marins. Ça sera bientôt fini de Kerenski* et de son gouvernement de menteurs.

– Et à Moscou ? Qu'est-ce qui va se passer ?

– On attend les ordres du comité révolutionnaire militaire* pour lancer l'insurrection et prendre le pouvoir. Mais l'état-major et ses junkers[1] ne nous laisseront pas Moscou comme ça ! On a des ennemis, ils sont nombreux et il va falloir se battre.

Son intonation se durcit, je ne l'ai jamais vue aussi sérieuse, elle qui est plutôt drôle d'habitude. J'ai du

1. Élèves officiers et soldats armés qui défendent le gouvernement contre les bolcheviks.

mal à imaginer que des émeutes puissent éclater d'ici quelques jours, tout va si vite.

– Les élus de l'assemblée municipale de Moscou ne vous soutiendront pas plus que les dirigeants militaires ! je rétorque.

– C'est sûr que les bourgeois élus à la douma* par des bourgeois ne seront pas de notre côté, Tatiana. C'est logique, remarque, ils s'élisent entre eux, ironise-t-elle. Mais nous, on est majoritaires dans toutes les assemblées de quartiers, d'usines et de régiments. Et c'est seulement là que le peuple vote et qu'il décide. Les soldats et les matelots sont aussi avec nous. C'est ce qui compte le plus maintenant, tu comprends ?

Je hoche la tête sans répondre, mes pieds sont glacés dans mes chaussures trouées et mon estomac vide me tenaille. Je suis malgré tout curieuse d'écouter ce que les ouvriers disent de leur révolution. Un vieillard édenté, vêtu de loques, mendie devant une église de bois, sans que je puisse rien lui donner. Je n'ai pas un kopeck[1]. Nous longeons ensuite une longue file d'attente, qui s'étend jusqu'à l'entrée d'une boulangerie.

– Vise-moi cette queue, maugrée Lena, ça sera bientôt fini, toute cette fichue misère… Les bolcheviks,

1. Petite monnaie équivalant à 1/100e de rouble.

eux, vont donner du pain au peuple russe. Tout ça, c'est la faute de cette saleté de gouvernement provisoire*, huit mois qu'il refuse d'en finir avec la guerre et d'écouter nos besoins...

Une vieille dame en guenilles, la tête couverte d'un foulard, sort de la boulangerie, serrant contre sa poitrine une miche de pain noir que les autres regardent avec convoitise. Je suis des yeux sa silhouette décharnée.

– Tu sais, Lena, j'ai toujours pensé qu'on naissait pauvre et qu'on mourait pauvre dans notre pays. Pour moi, c'est inéluctable.

– Tu as trop écouté grand-mère, sœurette ! s'esclaffe-t-elle. Ce n'est pas Dieu qui décide de notre sort, c'est les puissants ! Et crois-moi, ils ne sont pas d'origine divine. C'est parce qu'ils possèdent les usines et les terres que les riches décident du fonctionnement de notre monde. On dépend trop d'eux.

– Donc ils ne voudront pas que ça change.

– Non, évidemment, ça leur convient comme ça ! Autant ils s'en fichaient que le peuple renverse le tsar*, autant ils refuseront que le peuple leur prenne leurs biens ! C'est pour ça qu'il va falloir se battre.

Lena est persuadée qu'il est possible de changer notre situation, qui m'a toujours semblé, à moi, relever d'une fatalité trop immuable pour que je me révolte. Mon objectif quotidien, c'est de travailler, de trouver de quoi manger et de chauffer notre maisonnette. Mais elle a raison, il est peut-être temps que je m'autorise à agir pour inventer un monde meilleur.

– On va détruire leurs privilèges ! poursuit-elle sur sa lancée. Avec la grève générale, hier, les chauffeurs ont carrément refusé de ramener les élus municipaux chez eux. Ils sont rentrés à pied ! Et ça ne leur fait pas de mal de marcher un peu, aux bourgeois, ils n'ont pas l'habitude, hein !

Amusée, elle s'arrête devant la porte en bois d'un bâtiment d'un seul étage, dont les murs sont peints en jaune.

– Voilà, on est arrivées ! s'écrie-t-elle.

Et elle me pousse à l'intérieur sans que j'aie le temps de voir si je suis dans une échoppe, une salle de réunion, un entrepôt ou une imprimerie…

2

La Paix, la Terre, du Travail !

Deux hommes armés, aux vestes ornées de brassards rouges, sont plantés près de la porte d'une antichambre mal éclairée par une petite lampe à gaz. Ils reconnaissent ma sœur mais me barrent le passage.

– C'est qui, elle ? questionne le plus grand des deux.

– C'est ma sœur, Tatiana Ivanovna Fabelinska, elle m'accompagne au comité, réplique Lena.

– Faut qu'on vérifie si elle a pas d'armes.

– Elle n'en a pas.

– Faut quand même qu'on vérifie, nouvelles consignes.

– Elle n'en a pas, je vous dis, vous pouvez me croire, insiste Lena.

– On prend aucun risque. Ordre du comité révolutionnaire militaire, réplique le garde rouge.

– Tourne-toi, m'ordonne l'autre aussi sec.

Je n'ai pas le temps de protester qu'il me fouille scrupuleusement. Je me contracte, gênée par ses mains intrusives sur mon corps. Lorsqu'il frôle ma poitrine, je tressaille mais son regard neutre ne reflète pas une once de lubricité.

– C'est bon, elle a pas d'arme, vous pouvez entrer, nous déclare-t-il, blasé.

– Je vous l'avais dit, râle ma sœur.

La seconde porte ouvre sur une salle sombre, enfumée et imprégnée d'une odeur de tabac et de vin. Nous sommes dans une taverne où règne un brouhaha assourdissant.

– Désolée pour la fouille, me chuchote-t-elle à l'oreille.

– Pas grave. C'est donc là que se réunit ton soviet ?

– Oui, on est obligés d'avoir des repaires secrets, nos ennemis sont très méfiants, ils nous traquent et nous exécutent sans pitié.

– Tu veux dire que… toi, en tant que bolchevik, tu peux être arrêtée ?

Elle me répond d'un discret signe positif de la tête.

– Et… tuée ?

– Oui… m'affirme-t-elle gravement. C'est une insurrection, Tatiana.

Malgré la cacophonie, des bribes de discussions animées me parviennent ; des soldats parlent des poux dans les tranchées ; des ouvriers maudissent Kerenski et son gouvernement de menteurs ; des femmes évoquent l'émeute imminente. Un mutilé, au visage couvert d'une balafre, bondit en hurlant :

– Au diable la guerre !

De brefs et intenses sifflements interrompent le tumulte.

– La parole est à la camarade Fabelinska, clame un homme à la voix puissante dont je n'arrive pas à distinguer les traits.

Je sursaute en entendant notre nom.

– C'est moi, murmure Lena, les yeux brillants d'émotion, c'est à moi de parler…

Et lorsqu'elle me serre le poignet à me faire mal, je comprends pourquoi elle voulait que je sois à ses côtés. Elle se tortille, mal à l'aise, une veine bat sur sa tempe, juste en dessous de sa casquette qu'elle porte à la garçonne. Son trac est contagieux, les battements de mon cœur s'accélèrent.

– Tu… tu es sûre que tu es prête à faire un discours devant tout ce monde ?

Elle opine du chef, traverse la salle comme un automate et monte sur une large table tandis que, éberluée, je m'assois au premier rang, près d'ouvrières, de travailleurs et de soldats qui n'ont retiré ni leurs casquettes ni leurs vareuses. À peine suis-je à leurs côtés qu'ils m'adressent des clins d'œil grivois en levant leurs verres. Je hausse les sourcils, dédaigneuse.

– Jolie brunette, la petite, un peu maigrichonne mais jolie, plaisante l'un d'eux, bien éméché.

Je les fusille du regard et focalise mon attention sur ma sœur qui flotte dans sa veste et son pantalon d'homme. Une lampe à gaz pendue au plafond éclaire son visage anguleux d'une lueur jaunâtre, des stries rouges zèbrent ses joues pâles. Elle tord ses mains de nervosité et je me mords aussitôt les lèvres. Lorsqu'elle enlève sa casquette, ses cheveux ébouriffés retombent sur ses épaules, déclenchant une nuée de sifflements, de huées et de cris provocateurs.

– On t'attend, petite !

– C'est pour aujourd'hui ou pour demain, le discours ?

Lena prend une grande inspiration et se lance. Son expression, mélange d'appréhension et de volonté, me rappelle celle qu'elle affichait les premières fois où elle a plongé toute seule dans l'étang des moineaux en haut de Moscou.

– Bonjour camarades, commence-t-elle de sa voix enjouée. Je n'arrive pas forcément à bien m'exprimer, je ne sais même pas bien lire mais j'ai des choses à vous dire. Je veux vous dire que je suis avec vous aujourd'hui parce que j'ai appris ce qu'est la justice. Nous tous, dans cette salle, on sait ce qu'est l'injustice, n'est-ce pas ?

– Ouiiiii !!! hurle la salle dans un même élan.

– Et je veux la Justice. D'abord, la Justice, c'est la fin de la guerre. Je veux la Paix ! Tout le peuple veut la Paix !

Son enthousiasme est contagieux, son charisme m'impressionne. Du haut de ses dix-sept ans, elle est comme magnifiée, ses yeux clairs étincellent d'une volonté qui me semble indestructible, elle serre les poings avec détermination.

– Les bolcheviks ont déjà renversé le gouvernement provisoire à Petrograd hier ! C'est un premier pas dans notre révolution ! À notre tour de nous battre maintenant pour nous emparer de Moscou ! Nous allons lancer l'insurrection dans notre ville, camarades ! Vous êtes prêts à défendre la révolution contre ses ennemis bourgeois ?

De nouveau, clameur unanime de son public.

– Et quand nous aurons gagné, la justice, ça sera le peuple ! Et les usines, elles seront à nous ! Et les forêts, elles seront à nous aussi ! Comme les domaines ! La terre sera à nous, on aura tous du travail. La Paix, la Terre, du Travail ! Vive le parti bolchevik et vive le peuple !

Ses paroles se terminent sous des acclamations de joie et un tonnerre d'applaudissements. Elle soupire, autant ébahie que soulagée, et je peux recommencer à respirer. Lorsqu'elle descend de la table, tout le monde se l'arrache, elle circule de main en main, soulevée dans les airs. Des ovations fusent de toutes parts :

– Vive la petite camarade !

– Fin à la guerre !

– Les terres au peuple !

– À bas les ministres capitalistes !

– Le pouvoir aux travailleurs des soviets* !

Lena me sourit avec fierté, elle paraît très heureuse, a-t-elle déjà été aussi heureuse ? Les hommes continuent à la faire voltiger dans les airs, à l'entourer de leurs exclamations élogieuses, elle grimace, ils finissent par la poser par terre et entonnent *L'internationale*.

Elle se fraye aussitôt un passage jusqu'à moi, jouant des coudes au milieu de ses camarades.

– J'ai la tête qui tourne, m'avoue-t-elle en s'asseyant.

– Je vois, oui ! Ton discours était vraiment incroyable, j'ai du mal à croire que c'est toi qui as parlé comme ça !

– Je me suis étonnée moi-même, c'était la première fois que je prenais la parole en public.

– C'est une révélation alors ! je m'exclame.

– Oui, et je compte recommencer. Je vais essayer de convaincre les Moscovites, les rallier au parti bolchevik et leur expliquer qu'il est temps de se battre.

– On devrait peut-être rentrer maintenant ? Babouchka va s'inquiéter.

– Attends-moi cinq minutes, je dois encore rencontrer des responsables du comité révolutionnaire. Ils m'ont convoquée, ils ont une mission à me confier, objecte-t-elle.

– Une mission ? Des responsables ? Mais…

– Je t'expliquerai plus tard, me coupe-t-elle en se levant.

Et elle me laisse seule, en proie à une foule de questions sans réponse.

3
Ce livre, cache-le !

Elle se dirige de sa démarche nerveuse vers une table au fond de la taverne, où trois hommes sont assis à l'écart. Ils ont conservé leurs casquettes mais Lena retire la sienne en les saluant respectueusement. J'ignore comment ma sœur les a rencontrés et quand elle a commencé à les fréquenter. Un des chefs lui indique la chaise vide et elle prend place au milieu d'eux, le dos bien droit, le visage solennel.

Je m'approche pour mieux les observer : gauchement assise au bord de la chaise, Lena broie sa casquette entre ses mains. Les dirigeants bolcheviks parlent à tour de rôle, leurs poings posés sur la table. Puis, l'un d'entre eux griffonne quelques mots sur une feuille qu'il plie et met dans la poche de sa vareuse.

Lena parle peu, son regard glisse de l'un à l'autre, elle se détend. Je m'échine à lire sur leurs lèvres en vain. Ils s'adressent à elle comme à une des leurs, une égale, sans distinction hiérarchique. J'ai beau guetter un signe de malveillance ou de dureté, rien de tel dans leur attitude. Je ne vois que du respect circuler entre eux.

Celui qui a une barbiche en pointe monopolise maintenant la parole puis, d'un geste ferme, il déplie une carte de Moscou, y dessine des points et des cercles. Il leur explique sûrement sa stratégie de l'insurrection dans laquelle il compte impliquer ma propre sœur. Il lui tend un petit livre relié de cuir qu'elle fourre dans sa poche avant de se lever et de disparaître dans l'arrière-salle.

Lorsqu'elle réapparaît quelques minutes plus tard, elle me désigne la sortie d'un mouvement de tête et je comprends qu'elle préfère ne pas traîner.

★★★

Une fois dans la rue, je me tourne vers elle, impatiente d'en savoir plus.

– Comment as-tu rencontré ces chefs révolutionnaires ?

– Si je te le raconte, tu me jures de ne rien répéter à babouchka ?

– Oui, je te le jure, je garderai le secret cette fois encore.

Et je lui fais un clin d'œil tandis qu'elle me lance un regard indéchiffrable.

– Tu te souviens qu'en février dernier, on a rencontré des déserteurs qui venaient du régiment de papa ? me demande-t-elle.

– Oui, les bolcheviks qui étaient pourchassés ? Quand j'y repense, ils ont eu de la chance, s'ils avaient été arrêtés, leur état-major les aurait exécutés…

– Et malgré les risques, ils nous ont transmis une lettre de la part de papa, pour babouchka et nous.

– Je me rappelle…

– Ces hommes ont participé au déclenchement de la grève générale à Moscou, j'étais avec eux. C'est à ce moment-là que j'ai adhéré au parti bolchevik, Tatiana.

– Je pensais que tu avais rejoint leurs rangs cet été ?

– Non, c'était plus tôt, à la fin du mois de février. Les amis de papa m'ont présenté les chefs du comité révolutionnaire et ils m'ont confié une première mission.

– Une mission ? À toi ?

J'ai du mal à imaginer ce que des révolutionnaires chevronnés pouvaient attendre d'une jeune trafiquante ayant abandonné son usine de textile un an auparavant pour se consacrer à ses commerces illicites…

– En février, m'explique-t-elle, les régiments n'avaient pas encore majoritairement rallié le parti, les bolcheviks avaient donc un besoin accru d'armes à ce moment-là…

Je grimace, devinant aussitôt le rôle joué par ma sœur, dont les yeux pétillent d'amusement quand elle remarque mon rictus contrarié.

– J'ai réussi à leur procurer ce qu'ils voulaient, grâce à mes réseaux ! s'exclame-t-elle. J'ai fait des échanges de produits sur le marché noir, tu n'ignores pas que je suis la seule à obtenir certaines substances pharmaceutiques à bon prix sur Moscou ? Et je sais où trouver des armes.

– C'était quoi, ces armes ?

– Des pistolets, des petites pièces, discrètes, faciles à transporter. Pas des fusils ou des baïonnettes, m'informe-t-elle d'un ton trop neutre.

– Tu es en train de m'avouer que tu as intégré le parti bolchevik grâce à ton activité sur le marché noir ?

– Voilà ! Comme je leur ai rapidement fourni des armes, ils m'ont fait confiance et ils m'ont donné d'autres missions. Et comme je suis très efficace, j'ai pris du galon !

Je me penche vers elle et lui souffle dans l'oreille :

– Est-ce que tu as une arme, toi aussi ?

– Évidemment, répond-elle simplement, je dois défendre la révolution.

Je me crispe, pas très rassurée.

– C'est un pistolet ?

– Oui.

– Mais… Tu sais t'en servir ?

– Les camarades du régiment de papa m'ont montré comment faire. Ce n'est pas très compliqué, soupire-t-elle, presque agacée par mon ignorance.

Tandis que nous marchons entre les échoppes de ce quartier commerçant, elle tâte régulièrement sa veste, au niveau de sa poitrine.

– Tu as peur de perdre ton arme ? Elle ne va pas se sauver… Ou alors tu as peur d'oublier que tu l'as sur toi ?

Bien que légèrement persifleuse, ma remarque ne la perturbe pas.

– Ce n'est pas mon arme que je vérifie, réplique-t-elle.

– Et ta mission d'aujourd'hui, alors, c'est quoi ? Tu peux me dire ?

Lena s'apprête à me répondre mais ralentit brusquement en apercevant deux jeunes officiers qui se dirigent vers nous. Elle se contracte, prête à dégainer. Heureusement ils traversent le carrefour et s'éloignent dans une rue perpendiculaire. Poussant un soupir de soulagement, elle m'attrape le poignet.

– Je ne peux pas te dire précisément quelle est ma mission mais tu peux m'aider à la remplir. Est-ce que tu acceptes ?

– Moi ? T'aider ? Mais comment ?

Elle m'entraîne soudain dans le hall sombre et sale d'un immeuble coincé entre un confiseur et un pharmacien et sort de sa poche intérieure le livre que lui a donné l'homme à la barbiche.

– Ce livre, cache-le au studio d'Art ! Personne ne doit le trouver ! m'intime-t-elle avec une autorité que je ne lui connaissais pas.

Je saisis le livre, éberluée : c'est une bible reliée de cuir brun. Je n'ai pas le temps de l'ouvrir qu'elle m'ordonne de la ranger immédiatement dans mes poches.

– Ce livre a une importance énorme pour la révolution, Tatiana. Il y a beaucoup de patrouilles dans le coin, l'insurrection se prépare. Et je suis trop proche de responsables du parti connus par la police du gouvernement pour prendre le risque de le garder sur moi. Mieux vaut que tu l'aies toi. Tu n'es pas fichée, ni surveillée. Si on t'arrête, tu diras que c'est ta bible. Compris ?

Je hoche la tête, décontenancée. Si cet objet la met en danger, hors de question qu'elle le conserve, je préfère m'en charger. Nous ressortons dans la rue et je murmure :

– Qu'est-ce qu'elle a de spécial, cette bible ?

– Je ne peux rien te révéler, Tatiana, c'est ultra-confidentiel. Moins tu en sais, mieux c'est. Si par malheur un ennemi met la main dessus, tu pourras dire que tu ne sais rien sans mentir.

Je suis légèrement vexée qu'elle ne me fasse pas assez confiance pour me révéler ce que cette bible recèle de si capital. Je suis quand même son aînée, d'à peine une heure, mais l'aînée... À quoi sert d'être sa jumelle si elle me confie si peu de sa vie ?

– Mais pourquoi veux-tu que je la cache au studio d'Art ?

– Parce que rien ne me rattache à ce lieu et que son directeur n'est aucunement lié aux bolcheviks. C'est un endroit sûr, qui n'éveille pas les soupçons de la police.

Ses arguments suffisent à calmer ma curiosité. Nous avançons en silence jusqu'au moment où les cloches du monastère Saint-Nicétas sonnent, suivies d'une multitude d'autres auxquelles les premières semblent avoir donné l'ordre de tinter.

– Si toutes les églises de Moscou sonnent, c'est que les ventripopents[1] ont peur que les révolutionnaires mettent le feu à leurs boutiques de charlatans.

1. Jeu de mots formé avec le terme pope (membre du clergé orthodoxe) et le mot ventripotent (qui signifie gros).

– Ventripopents... Très drôle, comme jeu de mots... je bougonne.

Reprenant une expression à la mode, ma sœur se complaît à appeler les églises des « boutiques de charlatans » depuis des mois. Mais je n'avais pas encore entendu ce nouveau calembour, qui se moque ouvertement des popes. Il m'arrive de regarder le ciel en me demandant si Dieu nous observe, s'il existe vraiment, mais je respecte trop la foi de notre grand-mère pour cautionner les provocations anti-cléricales de Lena. Si notre pieuse babouchka apprenait que sa petite-fille calomnie le clergé orthodoxe*, elle craindrait qu'elle ne soit damnée, s'échinerait à la convaincre de ne pas blasphémer et prierait pour son âme.

Dans la large rue Bolchaïa Nikitskaïa, l'élégante façade du théâtre Paradis, entourée de hauts immeubles de pierre, s'impose à nous. Des centaines de cloches carillonnent encore, résonnant comme un ultime appel du clergé à se préparer au combat. Et au milieu de ces petites églises tonitruantes, la façade de brique du théâtre, pourtant surchargée de décors orientaux, me paraît bien austère.

Un gros homme au costume élégant descend d'une calèche ouverte et s'engouffre dans le théâtre. Son double menton déborde de son col amidonné trop serré, il halète et la sueur perle sous sa chapka de fourrure. Il doit être sacrément en retard pour transpirer autant.

– Mate-moi ce bourgeois, ce gros cochon gras et rose. Je te parie qu'il va dire au revoir à sa petite comédienne avant de fuir la capitale.

Le cocher donne à boire à ses deux chevaux dans un seau en attendant son patron. Si nous n'accélérons pas la cadence, je risque d'arriver terriblement en retard au travail.

– Il faut qu'on se dépêche, Lena. Je dois encore passer prendre les costumes à la maison avant de les déposer au studio d'Art.

– C'est pas grave, ils peuvent attendre un peu, les étudiants !

– Oui mais là, ce n'est pas pareil, c'est pour la bande de Vitali !

Nous empruntons de nouveau une ruelle bordée d'églises et de petits bâtiments à deux étages, de pierre et de bois. Lena y salue familièrement quelques artisans qui fument devant leurs échoppes de cordonnerie et de menuiserie ; fidèle à elle-même, elle sympathise avec tout le monde. Et lorsque nous débouchons enfin dans la rue Tverskaïa, un cri nous arrête net :

– Lena, Tatiana, attendez-moi !

4
Le peuple crève déjà de faim !

Un baluchon de coton blanc dans la main, sa casquette de travers, Piotr saute du tramway et déboule vers nous de sa démarche désarticulée. Sa silhouette longiligne, qui ondule dans une veste trop large, se tortille d'impatience de nous rejoindre. Il en oublie de regarder devant lui, évite de justesse une voiture pétaradante et se cogne contre un pope à la longue barbe noire. Les lunettes de notre ami tombent sur les pavés et l'homme d'Église, à la tunique crasseuse, les écrase sans même s'excuser.

– Pas très chrétien, comme comportement... À croire qu'il a le diable aux trousses, commente ma sœur, toujours narquoise.

Piotr se baisse pour ramasser ses montures, faisant cette fois tomber une miche de pain de sa poche intérieure.

– Quel fichu maladroit, bougonne Lena.

Notre ami se plante finalement devant nous avec un sourire penaud. Une des branches de ses lunettes est cassée et glisse de son oreille.

– Donne tes lunettes, camarade imprimeur, que je te les consolide, lui propose Lena.

– Merci, heureusement que les verres ne sont pas brisés.

Lena évalue les dégâts, sort un kopeck de sa poche pour s'en servir de tournevis. Je réalise à ce moment que j'ai oublié mon rendez-vous avec Piotr à l'imprimerie de la rue Petrovka cet après-midi.

– Piotr, je suis désolée, j'ai… je n'ai pas pu venir… J'avais une obligation qui…

– Ne t'en fais pas, Tatiana, je comprends, de toute façon, l'imprimerie a fermé à cause de la grève. Je n'ai même pas pu imprimer le premier numéro de la revue d'art futuriste* total pour la troupe de votre ami Vitali.

– Ils vont être très déçus de ne pas pouvoir le distribuer pendant leur soirée du 2 novembre…

Je soupire, imaginant le dépit de ce groupe d'étudiants, si heureux d'avoir constitué leur « club futuriste de Moscou » comme ils disent fièrement. Lena rend ses montures réparées à Piotr en ricanant :

– Art futuriste total, n'importe quoi ! Encore un spectacle d'élitistes bourgeois !

– Au contraire, Lena, c'est un projet pacifiste fondé sur l'œuvre de Maïakovski* qui est un poète révolutionnaire au cas où tu ne le saurais pas ! je proteste.

– Ah oui, c'est vrai, Vitali m'en a parlé… Hum, je suis sceptique mais il adore ce poète, c'est un peu son dieu vivant, ironise encore Lena.

– Maïakovski est peut-être son dieu vivant mais il est surtout sacrément anti-clérical. Il a écrit des textes qui te plairaient, il ne se gêne pas lui non plus pour dénoncer les hypocrisies de l'Église.

Les sarcasmes de ma sœur me paraissent si injustes, à moi qui ai assisté aux répétitions, qui ai écouté les chansons composées à partir des poèmes ; qui les connais déjà par cœur à force de les entendre et de les fredonner. Pas besoin d'argumenter, les vers incarnent mieux que tous mes mots la révolte du poète :

Dieu est content.
Sous le ciel en tourbillon
L'homme torturé s'est ensauvagé et figé.
Et dieu frotte ses petites mains.
Il pense, dieu : Attends un peu, Vladimir[1] *!*

– C'est vrai qu'il faut un sacré courage pour oser se moquer de Dieu de cette manière, reconnaît Lena, admirative. Je comprends Vitali…

1. Extrait de *La flûte des vertèbres*, 1915.

– Certains de ses poèmes ont même été censurés ! Ils participent au changement du monde pour lequel tu combats !

– Je te crois, Tatiana, du calme, je suis convaincue, m'interrompt Lena en souriant.

– Alors tu devrais venir au spectacle le 2 novembre au lieu de rejeter toute forme d'art en bloc parce que l'art est *bourgeois et réactionnaire* comme tu dis.

Mes mains dessinent des guillemets dans l'air lorsque je cite les arguments habituels de ma sœur.

– D'accord, je te le promets : je viendrai fêter la victoire avec votre Maïakovski !

Piotr s'interpose :

– Au fait, ça fait combien de temps que le studio les accueille ?

– Deux mois. Et c'est moi qui ai mis Vitali en contact avec le directeur du studio, le célèbre Constantin Stanislavski* lui-même, pour qu'il leur prête une salle de répétition ! je réponds, fièrement.

– Constantin Stanislavski, c'est celui qui dirige aussi le théâtre d'Art*, c'est bien ça ? questionne Lena.

Je hoche la tête, perplexe, attendant ce qu'elle va m'annoncer.

– Hum, je crois savoir que Vitali paye l'accueil de sa petite troupe au studio grâce à nos affaires. Rien n'est gratuit.

Vitali étant l'associé de Lena depuis plus d'un an, rien d'étonnant à ce qu'il finance la location de la salle de répétition grâce à leurs trafics au marché noir.

– Vitali est devenu le fournisseur non officiel de la troupe du théâtre d'Art, si tu vois de quoi je parle, raille-t-elle.

– C'est bon, j'ai compris, Lena. N'empêche, c'est dommage qu'ils ne puissent pas diffuser leur revue le soir de la représentation. Ils ont invité Maïakovski lui-même, vous imaginez !

– Ils feraient mieux de préparer la révolution au lieu de réciter des poèmes ! rétorque ma sœur, intraitable.

– Je ne suis pas d'accord avec toi, j'ai assisté à de nombreux débats au sein de leur groupe. Ils espèrent aussi mener une révolution, mais artistique, « éduquer le peuple à l'art », ouvrir « les portes des théâtres à tous », exprimer leur « volonté de changer le monde dans leurs œuvres »…

Si j'en crois son petit air narquois (qui commence à m'énerver un peu), les authentiques citations de mon grand discours ne la convainquent guère.

– Les ouvriers de Moscou, eux, font grève pour préparer la révolution ! Comme à Petrograd hier soir ! s'obstine-t-elle.

– Mais sans travail, Lena, les ouvriers ne toucheront pas leurs payes et ne pourront pas nourrir leurs familles, proteste Piotr.

– Le peuple crève déjà de faim ! objecte Lena en lui tapant dans le dos.

Piotr lui lance à travers ses verres épais un regard dubitatif mais il renonce à rétorquer. Des paysans en guenilles qui tirent leurs charrettes de choux vers le marché de Smolensk s'arrêtent à notre niveau.

– Poussez-vous, les jeunes, vous bloquez le passage, râlent-ils.

– Excusez-nous, camarades paysans ! s'écrie Lena.

Elle fait une révérence et s'écarte théâtralement. Une fois les moujiks passés, Piotr me tend son baluchon :

– Regarde ce que j'ai dégotté pour vous, trois grosses betteraves, deux patates et du pain noir !

– Oh merci Piotr, on va pouvoir faire une soupe, c'est merveilleux !

Je saisis le sac et les invite à accélérer le pas lorsque la clameur s'amplifie autour de nous, des groupes d'hommes et de femmes de plus en plus nombreux affluent dans la rue Tverskaïa. Ils se dirigent vers la place Skobelev, où se trouve l'ancien palais du

Gouverneur de Moscou, occupé depuis quelque temps par les responsables du parti bolchevik.

Devant l'édifice, c'est l'effervescence : une foule d'ouvriers et de déserteurs s'agglutine, des cris de « Pouvoir aux soviets », « La Terre au peuple », « La paix immédiate » fusent de toutes parts. Des drapeaux rouges et des banderoles obstruent la façade ; des hommes escaladent le piédestal en granit de l'immense sculpture équestre érigée en l'honneur du général tsariste Skobelev au milieu de la place. Ils haranguent la foule, le poing levé, entre des soldats de bronze.

La bible pèse dans ma poche ; la garder sur moi représente une grande responsabilité dont je suis fière, mais qui m'angoisse. Je me sens subitement fébrile et impatiente de la déposer en lieu sûr.

– Le peuple est fort, jubile ma sœur, vous voyez tous ces hommes qui débarquent de leurs usines et de leurs régiments pour défendre la révolution ?

Piotr se ratatine, une rafale de tics déforme son visage allongé, il bredouille quelques phrases indistinctes, où je crois entendre « on leur monte la tête »…

– Tu dis quoi ? l'interroge Lena, interloquée.

– Je disais qu'avec la pénurie de bois, je n'ai pas pu trouver une seule bûche, répond Piotr d'un ton penaud.

Elle lui serre l'épaule d'un geste fraternel.

– T'inquiète pas, Pietrochka, je vais m'en occuper. Il ne faut pas qu'on ait froid cette nuit, avec grand-mère qui a une mauvaise toux.

D'ailleurs le temps file et grand-mère doit s'inquiéter de ne pas me voir.

– On se dépêche un peu ?

Et nous nous éloignons, croisant toujours autant de déserteurs aux vareuses en loques et d'ouvrières en colère.

– Mais au fait, vous venez d'où, vous deux ? nous demande Piotr avec un entrain forcé.

– Tatiana m'a accompagnée à une réunion de soviet, si tu veux tout savoir, lui confie Lena.

– Tatiana n'a rien à faire au soviet, réplique Piotr d'un ton sec, les lèvres serrées.

Son assertion, qui s'apparente à un ordre, me déroute. Et une lueur de méfiance s'allume dans les yeux clairs de ma sœur, qui recule d'un pas.

– Et depuis quand tu décides pour Tatiana ? lance-t-elle du tac au tac d'un ton sarcastique.

– Depuis que tu lui fais faire des choses dangereuses, comme l'amener dans une de tes réunions de propagande.

– Ce n'est pas dangereux si l'on n'est pas dénoncés à la police de Kerenski, insinue Lena.

Une brume insidieuse plane subitement au-dessus de moi, spectre insaisissable dont les mouvements troubles attisent la colère de Piotr et Lena. Je ne les ai jamais vus aussi hostiles l'un envers l'autre. Ma sœur jauge notre ami du regard, sur le qui-vive.

5
Digne ?

Déboussolée par leur animosité, je décide d'intervenir, Lena serait bien capable de lui sauter dessus.

– Dites, tous les deux, c'est de moi et de mes choix qu'on parle là, non ?

Ma voix sonne nettement moins fermement que je ne l'aurais souhaité.

– Justement… Tu avais vraiment envie d'y aller, au soviet ? m'interroge Piotr, tendu mais plus doux avec moi qu'avec Lena.

– Oui, j'avais envie d'accompagner Lena et elle a fait un beau discours, j'étais fière d'elle.

Piotr se dandine, en proie à ses tics incontrôlables. Je me remémore soudain la première fois où son père nous a emmenés à l'école. Notre ami a été la risée de tous à cause des mouvements nerveux qui altéraient ses traits. Il remontait sa lèvre supérieure jusqu'à son nez, la reniflait et écartait ses narines comme s'il allait éternuer ! Les élèves l'avaient surnommé le poney, la faute à ses cheveux en crinière et à sa façon de montrer ses dents. Après la mort de sa mère, emportée par la tuberculose peu de temps après la nôtre, son père étant accaparé par son travail à l'imprimerie, Piotr avait passé beaucoup de temps chez nous. Entre orphelins de mère, nous nous soutenions, il est vite devenu notre frère de cœur…

Je lui souris avec tendresse, j'ai appris à lire et à écrire grâce à son père qui a insisté auprès de notre propre père pour nous inscrire à l'école de filles du faubourg. Malheureusement, Lena n'a pas retenu grand-chose de son passage éclair en classe, elle a commencé à travailler à l'usine de textile très tôt. Je prends la main de Piotr pour l'aider à se calmer, il ne me rejette pas mais se voûte. Depuis la mobilisation de son père, son corps se tasse parfois sous le poids de la tristesse et de l'angoisse.

Il se tourne vers Lena, dont les lèvres fines sont toujours aussi crispées :

– Depuis quand tu veux embrigader Tatiana aux côtés des bolcheviks ? Tu réalises les risques que tu lui fais prendre ? Si tu veux faire tes conneries révolutionnaires, fais-les toute seule, mais n'implique pas Tatiana là-dedans ! s'écrie-t-il d'une voix aiguë.

– Ce ne sont pas les bolcheviks qui sont dangereux, ce sont leurs ennemis ! conteste Lena.

– Tu es idiote ou quoi ? Tes bolcheviks ne sont que des voyous alcoolisés et des déserteurs, ils mettent la Russie en danger, ils vont la laisser aux mains des envahisseurs allemands ! Ils veulent prendre le pouvoir mais ils sont incapables de décider quoi que ce soit !

– Les déserteurs sont plus courageux que les moutons qui obéissent à leurs officiers sur les champs de bataille.

– Nos pères n'ont pas déserté, je te rappelle, et ce ne sont pas pour autant des moutons serviles et idiots, rétorque Piotr, glacial.

Je décide d'intervenir, car il m'est déjà arrivé de souhaiter que mon père déserte.

– Ils auraient peut-être dû revenir à Moscou au lieu de se sacrifier pour une guerre qui ne les concerne pas, je suggère.

– Oui, nos pères auraient dû quitter le front, enchaîne Lena. Parce qu'aujourd'hui ils sont peut-être morts, nos pères, à cause des copains de Piotr !

Sa voix tremble de rage et de tristesse, elle crache de dédain devant une petite chapelle de pierre, dont la tour est surmontée d'un bulbe décoré de losanges verts et jaunes. Une icône de saint Georges luttant contre le dragon orne le fronton.

– Tu fréquentes trop les bourgeois, Piotr, tu vas finir tsariste si tu continues comme ça, conclut-elle, à cran.

Chaque mot accroît un peu plus leur rage. Je retire ma main de celle de Piotr, qui me jette un regard désolé, et j'exige qu'ils avancent.

– Je suis républicain, Lena, reprend-il. Et tu le sais. Mais je ne veux pas que les bolcheviks prennent le pouvoir sans élire démocratiquement un gouvernement, comme c'est prévu.

Malgré la tentative de Piotr de calmer le jeu, la colère de Lena ne baisse pas d'un cran.

– Je n'en ai rien à faire, de leur élection de menteurs, tu peux comprendre ça ? Ils feraient mieux d'arrêter la guerre, tes copains du gouvernement.

– Ils ne peuvent pas arrêter la guerre, ils sont fidèles à leur engagement auprès de nos alliés*. Et ils protègent notre pays des envahisseurs allemands, c'est un choix digne de leur part.

– Digne ? éructe Lena. Comment tu oses dire ça ? Tu es vraiment un sale traître ! C'est digne pour toi de laisser mourir des millions de Russes dans une guerre dont ils n'ont rien à faire ? Pour ton gouvernement de mollassons, le peuple c'est seulement de la chair à canon ! Rien n'a changé depuis huit mois qu'ils sont au pouvoir ! Tu ne comprends pas que les soldats ne veulent plus de cette guerre ? Que les Russes n'en peuvent plus de mourir pour rendre les puissants plus puissants et les capitalistes plus riches ?

– Tu parles vraiment comme une bolchevik, Lena, je vois que leur propagande s'est bien incrustée dans ta cervelle, siffle Piotr, sarcastique.

Pas une once d'amitié n'émane plus de leur duel. Ils doivent se réconcilier. Je les interpelle d'un ton ferme :

– Inutile de vous mettre dans des états pareils. Vous n'êtes pas du même avis mais vous pouvez trouver un terrain d'entente, j'en suis sûre.

Mes tentatives d'apaisement glissent sur eux.

– C'est quoi, ton mépris de bourgeois, Piotr ? l'interpelle encore Lena. Parce que je sais mal lire, parce que je suis une fille, je ne pourrais pas avoir des idées claires, c'est ça ? Le régiment des mitrailleurs, les marins, les cheminots, ils sont avec nous maintenant ! Ça ne te suffit pas, comme preuve ? Alors quoi, tout le peuple est idiot pour toi, tout le peuple se trompe ?

– Je veux une élection démocratique, Lena. Si les grosses légumes à la tête de ton parti de bolcheviks prennent le pouvoir par la force et les armes, ils ne sont pas mieux que ceux d'avant. Le peuple se bat pour leur parti, pas pour lui-même.

– C'est faux ! Le peuple se bat pour ce qu'il veut lui, pour la Paix, pour la Terre, pour la Justice. Les soviets, c'est le peuple. Les bolcheviks, avec Lénine*, ne font qu'organiser la lutte pour qu'on la gagne, pour qu'on ne soit pas écrasés par l'armée comme avant.

– Ton Lénine, il est resté trop longtemps en Allemagne, il a été influencé par des idées qui ne tiennent pas compte du peuple russe. Il fait prendre une mauvaise voie à la révolution, il n'en sortira rien de bon s'il gagne.

– Qu'est-ce que t'en sais ? Tu ne le connais pas, tu ne nous connais pas ! Va te battre avec tes officiers et leurs maudits junkers, tes nouveaux copains, qui boivent du thé dans leurs palais pendant que le peuple meurt par millions sur les champs de bataille ! crie Lena.

Ne se contrôlant plus, elle se fige devant le théâtre d'Art, où nous sommes enfin arrivés.

– Bien envoyé, jeune camarade, l'encourage un soldat qui a entendu sa dernière phrase.

– Je n'aime pas la guerre moi non plus, Lena. Ni celle qui a englouti nos pères, ni celle que tu déclares et qui opposera les Russes entre eux.

Il n'y a subitement plus la moindre trace de persiflage ou d'animosité dans la voix de Piotr.

– C'est la seule façon pour que le peuple prenne le pouvoir, rétorque Lena, plus calme à son tour. Les puissants ne nous abandonneront pas leurs privilèges sans se défendre.

Immobiles l'un en face de l'autre, ils se fixent sans un mot et je chancelle. Un fluide glacial me parcourt l'échine, et si la révolution brisait leur amitié à jamais ?

– Nous ne serons pas du même bord, je me battrai avec les soviets, énonce Lena d'un ton inflexible en regardant Piotr dans les yeux.

– Et je défendrai le gouvernement provisoire s'il le faut, répond notre ami gravement sans qu'aucune note d'hystérie perturbe sa voix ténue ni qu'aucun tic agite son visage sombre.

Je préférais encore leur dispute à cette froide détermination, je frémis, leur rupture me paraît irrévocable. Et elle me fend le cœur. Piotr fait partie de notre famille…

– Tatiana, je file vite fait aux étangs Clairs[1] chercher du bois pour notre poêle. À tout à l'heure, m'annonce Lena abruptement.

Et elle tourne les talons, sans même dire au revoir à Piotr. Je soupire, mon ami tente courageusement de me sourire mais ses lèvres tremblent et son rictus ne reflète rien d'autre que l'ampleur de son désarroi.

1. En russe, « Tchistié Proudi ». Boulevard situé au centre de Moscou. Il fait partie de « l'anneau des boulevards » qui entoure le vieux Moscou. Il comporte des étangs et un parc, d'où son nom.

6
Madame la mouette

– Piotr je… je… Il y a de la place pour les désaccords dans la révolution, tu es comme un frère pour Lena. Vous allez vous réconcilier…

– Non, Tatiana, c'est la guerre que veut Lena. Pour elle, l'Assemblée constituante ne suffit pas. Elle veut « donner le pouvoir aux soviets » comme disent ses chefs !

Son amertume est si intense que je reprends sa main.

– J'ai compris que tu ne pouvais pas être de notre côté, Piotr, mais est-ce une bonne idée de rallier les rangs des ennemis de la révolution ? Je t'en supplie… Tu sais, j'étais persuadée qu'il était impossible de changer notre vie, tout semblait si immuable. Mais en écoutant Lena, en observant ce qui se passe autour de moi, je me dis qu'il est peut-être possible de construire autre chose…

– Je suis d'accord pour élaborer un monde plus juste, Tatiana, mais je ne suis pas d'accord avec la méthode proposée par Lena. Et s'il le faut, je... je suis désolé, mais... je me battrai contre les bolcheviks.

– On... on se reverra bientôt quand même ?

Je chuchote, peu habituée à ce qu'il me contredise.

– Je ferai tout pour te revoir. Prends garde, dès que l'insurrection commencera, reste à la maison avec ta grand-mère.

Il m'enlace tristement avant de me laisser seule, immobile, sur le trottoir, à la lumière d'un réverbère allumé depuis quelques minutes. Un soldat en calotte usée me bouscule, je ne réagis pas. Il est ivre et s'éloigne d'une démarche imprécise en lâchant autant de jurons que de rots sonores. Deux vieilles en fichus de laine me prient de me décaler car je gêne le passage, je n'obéis pas. Elles critiquent ma désinvolture typique de la nouvelle génération si peu dégourdie ; bénissent un militaire infirme qui se dirige vers le palais du Gouverneur ; et se signent plusieurs fois, frénétiques, effrayées en évoquant la prise de Petrograd et l'émeute imminente.

Aucun de leurs propos ne m'ébranle, je reste immobile. Sans le nuage de buée qui sort de ma bouche, on pourrait me prendre pour une statue. Après le départ des deux sorcières édentées, tremblant de froid, je remue mes doigts engourdis pour y faire circuler le sang. J'ébauche quelques pas rigides vers le théâtre d'Art : trois jeunes femmes en manteau bien coupé s'apprêtent à y entrer. Leurs bottes de cuir, qui coûtent au moins cent roubles (trois mois de mon salaire), doivent leur tenir chaud jusqu'au bout des orteils. L'une d'entre elles reçoit une chiure de pigeon sur sa manche. L'oiseau coupable disparaît dans les nuées du ciel charbonneux.

Mes yeux se posent alors sur l'énorme sculpture de mouette qui orne la façade du théâtre. Je crois l'entendre ricaner. *Tu as raison de rire, madame la mouette, que peux-tu faire d'autre de là-haut ? Tu es si bien accrochée que tu ne peux pas échapper à la place qu'on t'a imposée, madame la mouette, gardienne du théâtre… À moi aussi, on a imposé une place. Mais, te demandes-tu, qui est ce « on », décideur de mon sort ? Dieu tout-puissant ? Les dirigeants, les puissants, les riches, ceux qui possèdent tous les pouvoirs, ceux qui tirent les ficelles des vies des indigents ? Et s'il existait un monde dans lequel chacun peut choisir sa place, hein, que ferais-tu, madame la mouette, resterais-tu soudée à ton mur ?*

Moi, je n'ai pas envie de rester figée, j'ai envie de courir, de changer de place, de m'échapper et je m'imagine, neuve moi-même, dans un nouveau monde. Deux comédiens célèbres, dont les photographies ornent les murs du studio, s'engouffrent à toute allure dans le théâtre. Je secoue la tête, fini les rêveries, je me précipite vers notre ruelle Kameguerski en fredonnant les vers de Maïakovski. Vitali m'a prêté un des recueils du poète, et je m'y suis plongée plusieurs fois avant de réussir à l'apprécier, son style était trop différent de tout ce que j'avais lu auparavant.

Je m'arrête quelques instants devant le joli immeuble de pierre qui abrite le studio d'Art, ce lieu d'enseignement théâtral aujourd'hui reconnu pour la modernité de ses méthodes. Lors de représentations expérimentales, les étudiants y jouent devant un public d'une quinzaine de personnes, j'y ai vu presque cent fois *Le grillon du foyer*, la pièce adaptée d'une nouvelle de Charles Dickens.

C'est grâce à Piotr si nous travaillons depuis deux ans pour le théâtre et le studio, grand-mère et moi. Il est chargé de l'impression des programmes et il a eu l'idée de nous présenter à Constantin Stanislavski, le directeur. Quelle chance d'habiter juste à côté ! Je m'occupe du ménage et babouchka, couturière depuis son enfance, se charge de raccommoder les costumes des acteurs. Si je n'étais pas devenue femme de ménage dans ces lieux, je n'aurais jamais eu accès à des débats artistiques, je n'aurais jamais vu de pièce de théâtre ni lu de poèmes.

7
Un point invisible

La porte vermoulue cède sans difficulté à mon efficace coup d'épaule, une odeur désagréable d'urine et de vodka imprègne le hall du premier bâtiment que je traverse au plus vite. Je zigzague ensuite entre les détritus qui encombrent la cour, blocs de pierre, tuyaux de fer rouillé, armatures métalliques de brouettes, socles de plâtre qui ont un jour accueilli un buste de général tsariste... Notre maisonnette, seul édifice en bois dans un quartier de pierre, est située au fond, juste à côté de la cabane des toilettes. L'ancien atelier de couture qui nous sert d'habitation est plongé dans la pénombre. Notre surprenante bicoque a miraculeusement réussi jusqu'à présent à ne pas s'éparpiller sous le poids des années et des tempêtes.

Certes elle se dégrade mais elle résiste vaillamment grâce aux efficaces bricolages de Lena. Je ne saurais compter les fissures qu'elle a comblées, les trous camouflés, les planches ajoutées pour mieux l'isoler. Il y aura bientôt autant de clous pour maintenir les rafistolages que de bois sur nos murs. À l'automne, elle a même remplacé par du carton les carreaux qui manquaient aux fenêtres.

Une fois à l'intérieur, je suis saisie par le froid et les ténèbres. Si par malheur Lena ne trouve pas de bois, impossible de passer l'hiver ici. Il faudra se réfugier au studio comme l'année dernière, quand la pénurie nous a privées de chauffage. J'allume une bougie et m'enveloppe dans mon gros châle de laine.

Une couverture sur son dos, la tête posée sur un tas de costumes, ma grand-mère s'est endormie à sa table de travail près du poêle éteint. Son dé à coudre en bois, ses fils et ses aiguilles, sont posés à côté de la boîte noire dans laquelle je range son matériel. La bougie éclaire d'une lueur vacillante son visage, ses pommettes hautes, son nez rose comme celui d'une enfant, légèrement aplati, ses longs cils et ses lèvres charnues. Il paraît que je suis la même en plus jeune et que Lena ressemble à notre mère, sourcils volontaires, long nez, lèvres fines. Par contre, nos épais cheveux châtains et nos yeux bleu-vert en amande sont identiques ; c'est notre « marque de fabrique », disait souvent papa, fier de ce trait commun aux trois générations.

Les rides de babouchka dessinent sur sa peau des lignes tortueuses, dont j'aimais suivre les contours du bout des doigts quand j'étais petite. Elle grommelle soudain quelques mots incompréhensibles avant de se redresser brusquement.

– Mon canari, c'est toi ? Arrête de m'observer comme si j'étais une œuvre d'art avec tes yeux de lynx.

Le rire qui affleure sous sa voix fêlée me rassérène mieux qu'un air de polka endiablée.

– Je suis en retard, babouchka, il faut que je récupère les costumes et que je file au studio. Lena arrive bientôt, elle fera chauffer la soupe... Regarde un peu : j'ai des betteraves et des patates à mettre dedans !

Je lui mets les légumes sous le nez, elle les renifle avec avidité.

– Elles sentent bon. Elles viennent d'où ? Du marché paysan de Smolensk ?

– Je ne sais pas, c'est Piotr qui me les a données.

– Ah, le brave garçon... Il va bien ?

La brume sournoise, déjà aperçue rue Tverskaïa, s'insinue de nouveau en moi au souvenir de la dispute qui a opposé Piotr et Lena. Elle brouille mes repères, voile tout ce qui d'habitude me rassure. Je ne dois pas y penser ni parler de l'engagement de Lena à babouchka, j'ai promis.

– Tatiana, qu'y a-t-il ? Je t'entends penser. Tu me caches quelque chose ?

Grand-mère a un don pour deviner le surgissement des nuages menaçants.

– Rien d'important, babouche, Piotr va bien, mais il a arrêté son travail à l'imprimerie à cause de la grève.

– Il y a une lettre ?

– Non, babouche, toujours pas.

Depuis que notre père a été enrôlé dans cette maudite guerre contre les Allemands et les Austro-Hongrois, pas un jour n'est passé sans qu'elle ait réclamé une lettre de notre père, son fils, Ivan. Lena est persuadée qu'il est mort comme de nombreux soldats russes. Mais babouche et moi, nous nous accrochons à l'espoir qu'il reviendra dès que la guerre sera finie.

– Tiens, babouche, chauffe un peu tes mains avec la bougie, elles sont bleues de froid.

Je rapproche la flamme vacillante de ses paumes chiffonnées, opérant de légers mouvements circulaires dans l'espoir d'être plus efficace. Mais délaissant la minuscule source de chaleur, ma grand-mère tapote le tas de costumes sur lequel elle s'est endormie.

– Je n'ai jamais vu ça, bougonne-t-elle, on dirait des habits imaginés par des enfants. Il n'y a pas de col, pas de cintrage, pas de boutons, pas d'ornements ni de doublure. Les manches sont droites et rectangulaires. Si tu veux mon avis, ce n'est pas très réussi. Et ce coton est si dur et épais, on dirait du carton.

Je souris. Malgré la précision de ses commentaires, ma grand-mère, qui est aveugle depuis des années, ne VOIT pas ces costumes. Mais elle coud depuis si longtemps que sa cécité ne l'empêche pas de travailler. Sa reconnaissance des tissus, des coutures et des plis passe désormais par le toucher. Jamais elle ne se pique, elle manie les fils et les aiguilles avec une habileté et une rigueur imparables.

– Ça ne m'étonne pas que tu ne les aimes pas, babouchka, ce sont des costumes futuristes, c'est très moderne et un peu bizarre oui !

C'est notre ami Vitali qui les a dessinés ! Lui qui rêve de devenir peintre, il a passé des heures à chercher l'équilibre entre leur coupe géométrique et le dynamisme qu'ils sont censés insuffler.

– Futuristes ? J'espère que les Russes ne s'habilleront pas comme ça dans le futur ! Ce n'est ni confortable ni élégant !

J'écoute patiemment ses critiques d'experte mais je suis trop en retard pour m'attarder plus longtemps et mon envie de me débarrasser de la bible que m'a confiée Lena s'amplifie de minute en minute.

– Il faut que j'y aille, babouche, lui dis-je doucement.

– Oui, va. Je suis trop bavarde, pire qu'une pie. Je m'occupe d'éplucher et de couper les légumes, travaille bien mon canari.

Je lui donne les betteraves, les pommes de terre et un couteau puis recouvre ses épaules avec la couverture. Je caresse ses cheveux blancs, mes doigts glissent le long de la natte que je lui tresse chaque matin.

– Je vais essayer de nous trouver de la viande pour demain avec les kopecks qu'on va me donner.

Les sourcils gris de grand-mère se haussent en un demi-arc de cercle malicieux. Seul son regard d'aveugle, qui fixe un point invisible connu d'elle seule, n'est pas un appel à la joie. Je l'embrasse sur le front.

– À tout à l'heure, babouchka.

Je regroupe les costumes et les emballe dans un grand drap de coton pour les protéger. Il est déjà dix-huit heures, il fait trop froid pour garder mes souliers, j'enfile mes vieux bottillons de caoutchouc. Avec la toque de fourrure grise que m'a offerte Lena, j'aurai plus chaud.

Quand je sors dans notre cour, des coups de feu éclatent.

Une décharge d'adrénaline me transperce la poitrine, est-il possible que l'insurrection commence déjà ?

8
Fendre le crâne du monde

Soirée du 26 octobre

L'absence de soldats me rassure, ce n'est peut-être qu'un tir isolé. Réfrénant ma curiosité de regarder ce qui se déroule rue Tverskaïa, je gagne directement le studio au bout de la ruelle.

Les escaliers de bois grincent sous mes bottes quand je les franchis quatre à quatre. Sur le palier du deuxième étage, je trébuche contre un buste de bronze que les élèves du théâtre ont déposé sur le sol. La sculpture semble me juger de ses yeux sévères… Dédaignant son air guindé, j'ouvre la porte d'où proviennent des voix animées.

Il règne une agréable tiédeur dans la petite pièce où le club des futuristes répète. Leur espace scénique est simplement délimité par deux rangées de chaises. Les garçons sont en chemise, les filles en corsage. Une tribune de bois, construite par

Vitali, occupe le centre de ce qu'ils dénomment leur « scène ». Macha s'est déjà installée au piano, sur lequel Natacha s'accoude nonchalamment. Mais lorsqu'elle chante, tout son être se métamorphose, elle se redresse, se tient le dos droit, une main sur la hanche, l'autre se balançant au rythme de la mélodie.

Assis à sa table, Gricha, le metteur en scène, leur *chef de troupe*, comme il aime se faire appeler, brillant étudiant de littérature et philologie, écoute attentivement Stepan déclamer un poème pendant que Vitali dessine frénétiquement dans un carnet de croquis. Il se passionne pour la fabrication des décors de la représentation, il a installé son établi au fond de la pièce où s'entassent des cartons et des gros pinceaux. Ses boucles brunes tombent sur son front, il les dégage d'un geste vif en relevant la tête et nos regards se croisent. Je frémis, j'ai beaucoup trop pensé à lui aujourd'hui. Il m'adresse un large sourire, faisant apparaître ses fossettes et aussitôt, je rougis. Pour cacher mon trouble, je lui réponds d'un léger signe de tête en accélérant vers la seconde pièce, qui leur sert de loge.

Le plancher humide couine sous mes semelles quand je me faufile discrètement entre les chaises pour ne pas perturber leur répétition. Par chance, les artistes sont si concentrés qu'ils n'entendent rien, seul Vitali sort ses dents et plisse son nez comme un écureuil rongeant une noisette. On dirait Piotr ! Je retiens un éclat de rire avant de me précipiter dans la salle mitoyenne.

Les costumes m'encombrent, je les accroche sur les cintres près de la table à maquillage. Il me faut trouver d'urgence une cachette efficace pour la bible des révolutionnaires… Je ne peux m'empêcher de la feuilleter, curieuse de découvrir ce qu'elle dissimule : une enveloppe cachetée est collée sur la page de garde. Impossible de l'ouvrir sans la déchirer, j'y renonce pour ne pas trahir la confiance de Lena. Qui sait ce qu'elle contient d'ultra-confidentiel. Mon imagination s'emballe : des plans de combat, de l'argent, des ordres de mission, des noms de traîtres ou d'alliés, des adresses de réserves d'armes…

Mes yeux font le tour de la pièce, les miroirs, la table à maquillage, la commode, les étagères couvertes de livres. La solution s'impose comme une évidence, je cale la bible au milieu des autres ouvrages, rien ne distingue sa reliure brune parmi les autres.

Soulagée, je m'attelle plus sereinement à mes tâches, dont j'ai envie de me débarrasser rapidement pour avoir le temps d'écouter les répétitions. D'un coup d'œil expert, j'évalue la quantité de travail qui m'attend : ne me reste qu'à épousseter le tapis à franges et balayer le plancher.

Heureusement pour moi, le studio n'a rien d'un endroit luxueux, les pièces y sont exiguës et sobres. Je me penche pour glisser ma balayette sous l'armoire lorsqu'une coupure d'électricité me plonge dans l'obscurité. La fenêtre s'ouvrant sur une petite cour sans réverbères, aucune lumière ne provient de l'extérieur.

Des exclamations dépitées résonnant de l'autre côté du mur me prouvent que la panne concerne tout l'immeuble. Elle est sûrement due à la grève générale dont parlait Lena. La lampe à pétrole que l'on garde en cas d'interruption du courant est sur une étagère, près de la porte. Je tâtonne sur les rayonnages, des livres tombent par terre mais je la trouve. Et lorsque j'allume enfin la mèche et que la lumière jaillit, je me retrouve nez à nez avec un gros capitaliste fumant un ouvrier roulé comme un cigare !

Je recule d'un pas, par pur réflexe, devant cette figure caricaturale qui semble prête à bondir sur moi. Ce n'est qu'un calendrier bolchevik que Gricha a fixé hier ! La bible est restée à sa place. En replaçant les ouvrages sur leur planche, je réalise qu'ils dissimulent des boîtes de cornichons et une bouteille de vodka polonaise, très chère au marché noir ! Vitali, l'associé de ma sœur, en est certainement le fournisseur.

Ayant enfin achevé ma mission, je file dans la salle de répétition, désormais éclairée faiblement par des lampes à gaz suspendues au plafond. Je reste debout derrière les chaises, attentive à leur discussion sur les principes d'écriture et les choix de mise en scène. Il y a encore quelques mois, leur emphase me semblait ridicule, aujourd'hui leur fougue et leur goût intarissable de la polémique attisent ma curiosité.

– Quand je peindrai le décor devant le public, je ne veux ni musique ni déclamation. L'acte de peindre est un spectacle à part entière, déclare Vitali.

– Mais il faut que tes dessins aient un lien direct avec les poèmes. Ils sont là pour exprimer visuellement leur sens, nuance Stepan.

Emportée par le flot d'idées échangées, je découvre même le plaisir de me faire ma propre opinion et j'en oublie parfois que j'ai encore un coup de serpillière à passer avant de repartir !

Toujours assis à sa table, Gricha, qui a laissé pousser de fines moustaches blondes pour paraître plus vieux que ses vingt-deux ans, tente de reprendre la troupe en main de sa voix légèrement nasillarde.

– Trêve de déconcentration, tranche-t-il. Notre soirée exceptionnelle *Mystère Maïakovski* est prévue le 2 novembre, il nous reste à peine une semaine pour tout mettre en place, on se remet au travail !

Vous savez que je vois les spectateurs comme des partenaires de poésie, je ne veux pas qu'ils se contentent de nous regarder. Alors pour favoriser leur participation, j'ai décidé qu'on maintiendrait toute la salle éclairée pendant la représentation, même côté public.

– C'est très moderne, comme idée… commente Stepan.

Sa voix basse et charismatique est en décalage total avec sa silhouette longiligne, son élégance, ses traits aigus et son corps malingre. Il porte toujours une cravate sur ses chemises aux couleurs variées ; aujourd'hui la première est à pois verts et la seconde est bleue. C'est le seul étudiant comédien de leur bande, il est d'ailleurs inscrit au studio d'Art.

– C'est vrai, Stepan, mais c'est la révolution, que diable, et j'ai aussi envie de révolutionner le monde de la poésie ! s'exclame Gricha avec ardeur.

– Enfin, bon, l'art peut garder son indépendance, nuance Macha, la musicienne du groupe. Ce n'est pas parce que l'ordre politique et social est transformé par la révolution que l'art doit, lui aussi, être révolutionnaire.

– Quand je parle de poésie révolutionnaire, Macha, je pense plutôt à rompre avec les formes traditionnelles qu'à choisir des thèmes révolutionnaires…

– Mais ça pourrait être intéressant d'imaginer des personnages de prolétaires, de révolutionnaires ou de marins : les nouveaux héros de l'art russe ! proclame Vitali.

– Franchement, Vitali, si l'art devait représenter les changements politiques du monde, il risquerait de perdre sa liberté. D'ailleurs pour l'instant, à ce que je sache, aucun art révolutionnaire n'a encore été inventé, réplique Macha sèchement.

– Si ! Moi, j'ai entendu Maïakovski parler de son dernier projet ! Ça s'appelle *Mystère Bouffe*, et ça parle du renversement du monde capitaliste par la classe ouvrière ! C'est à la fois futuriste et satirique. Sa pièce est révolutionnaire dans la forme et dans le fond ! la contredit Vitali, incollable sur Maïakovski.

Puis se tournant vers moi avec un clin d'œil complice, il me souffle :

– Et je suis impatient de découvrir ce texte…

– Alors il faudra que les héros positifs soient uniquement les prolétaires et les méchants, systématiquement les capitalistes… Ce genre d'obligations-là, ça me laisse franchement sceptique en matière de profondeur et de justesse psychologiques des personnages, argumente Macha de sa voix veloutée.

– Mes amis, revenons à NOTRE projet d'art total, les tempère Gricha. Primo, les poèmes de Maïakovski bouleversent les codes de la poésie classique ! Secundo, nous n'allons pas seulement déclamer ces poèmes, nous allons les mettre en musique, en illustrations et en espace ! Et notre projet bousculera toutes les formes traditionnelles. À bas l'ordre ancien !

Pour marquer son autorité, Gricha a tendance à articuler exagérément mais son exaltation lui fait oublier ses règles d'élocution. Sa voix vibre, son débit s'accélère malgré lui.

– Les rythmes et les tonalités de nos chansons comme la géométrie de nos décors et de nos coutumes, tout sera neuf ! Tout est à inventer, c'est extraordinaire, non ? s'extasie-t-il encore, sa voix montant dans les aigus.

L'air blasé de Vitali exprime à quel point la fougue de leur *chef de troupe* ne l'embarque pas. Il fredonne « tout tout tout tout tout », se moquant de la répétition de ce mot dans la tirade de Gricha. Puis il se pavane comme un comédien en pâmoison.

– *Comment osez-vous dire que vous êtes poète et tout gris, pépier comme une caille*[1] *?*

Quelle n'est pas ma fierté de reconnaître le poème du *Nuage en pantalon* de Maïakovski !

– *Aujourd'hui il faut avec un casse-tête fendre le crâne du monde*[2] *!* déclame-t-il d'une voix ample.

1,2. Extraits du poème *Le nuage en pantalon*, 3ᵉ partie, 1914.

Les yeux noirs de Vitali lancent des flammes, il finit le poing en l'air, bien campé sur ses jambes. Même ses boucles brunes se hérissent sur son crâne pour participer à son élan révolutionnaire ! J'en ai le frisson. Il aurait pu être acteur s'il n'avait pas préféré devenir peintre…

Intimidée, je me détourne précipitamment vers Gricha, plongé dans la lecture de son « programme » entièrement annoté, il se redresse tout aussi brusquement :

– Trêve de bavardages, mes amis, mettez-vous en place, on reprend avec la chanson composée par Macha à partir du poème *Le nuage en pantalon*. Natacha, c'est à toi !

9

Tu ne respectes pas le collectif !

Natacha est si belle avec son chignon tressé, son port de tête élégant et ses gestes délicats. Vitali et Stepan s'asseyent pour écouter leurs camarades. L'horloge murale indique déjà vingt heures, le temps file trop vite... À peine commence-t-elle à chanter que Gricha l'interrompt d'un ton impatient :

– Natacha, sers-toi plus des inflexions de ta voix pour marquer la fureur du poète !

Elle soupire puis reprend, le visage congestionné par l'effort :

Votre pensée qui rêvasse sur un cerveau ramolli
comme un laquais trop gras sur une banquette sale,
je vais la provoquer avec le chiffon ensanglanté du cœur
et je me dériderai tout mon saoul, impudent et mordant[1].

1. Extrait du poème *Le nuage en pantalon*, 3e partie, 1914.

Son interprétation est beaucoup plus mécanique que d'habitude, elle ne respecte pas le tempo et Macha peine à la suivre au piano. C'est d'autant plus désagréable à écouter que la mélodie n'est guère harmonieuse. Elle me fait le même effet que les costumes de Vitali à grand-mère.

– Détends-toi, Natacha ! Connecte-toi à la musique, insiste Gricha. Ressens comme Maïakovski est révolté ! Laisse-le t'arracher à ta prison dorée, t'emporter dans son tourbillon de colère, t'accompagner dans tes premiers pas vers la liberté ! Tu ne dois pas seulement chanter, tu dois exprimer !

Son chant résonne de nouveau au milieu de ses amis attentifs et respectueux.

Je fredonne les paroles en même temps qu'elle, je voudrais lui transmettre l'énergie et l'émotion qui lui échappent aujourd'hui.

Je n'ai pas dans l'âme un seul cheveu gris,
non plus que de tendresse sénile !
Entonnerrant le monde par la puissance de ma voix,
je marche dans la beauté de mes vingt-deux ans[1].

Le front de Gricha se plisse de contrariété, faisant apparaître une multitude de rides horizontales. La contraction de ses lèvres découvre ses dents, froissant sa figure ronde.

1. Extrait du poème *Le nuage en pantalon*, 1914.

– Tu chantes juste, Natacha, ta technique est bonne mais tu n'exprimes rien. Qu'est-ce qui t'arrive ? lui demande-t-il, la moustache frémissante d'exaspération.

– Je… je pense à l'insurrection qui commence, je n'arrive pas à l'oublier… Je trouve trop risqué de rester ici, on devrait annuler, murmure-t-elle d'une voix blanche.

– Hors de question, nous n'annulerons pas notre soirée du 2 novembre, Maïakovski lui-même sera peut-être parmi nous. Nous n'allons pas nous défiler, objecte Gricha, d'un ton sans réplique.

– Je ne peux pas rester, je… Ma famille vit de l'autre côté de Moscou, j'ai… j'ai trop peur de laisser mon bébé là-bas, et le studio n'est pas loin du Kremlin. Il y a des régiments ralliés aux bolcheviks à l'intérieur… Et je… je sais que l'armée du gouvernement s'organise déjà pour le reprendre. J'ai vu les junkers contrôler les entrées. Il y aura des combats juste à côté, je ne veux pas… risquer ma vie, bredouille Natacha.

Un silence de plomb accompagne sa réponse tremblante, Macha et Stepan semblent trop abasourdis pour réagir, Vitali attend, docile, le verdict du metteur en scène. Gricha, furieux, tape du poing sur la table.

– Ta décision met en danger notre travail, tu ne respectes pas le collectif, reproche-t-il sévèrement.

Natacha serre ses tempes entre ses doigts, elle retient ses larmes mais son regard étincelle d'une détermination farouche. Elle ne changera pas d'avis. Pleine de compassion, Macha s'élance vers elle et l'enlace avec tendresse.

– Tu pourrais comprendre, Gricha, elle ne veut pas rester loin de son bébé, c'est normal. Son choix est difficile à assumer vis-à-vis de notre groupe et je trouve que c'est plus courageux d'oser prendre une telle décision maintenant que de nous lâcher le jour de la représentation sans nous avoir prévenus, défend la chanteuse.

– Quand même, le collectif est la base de notre travail, tu ne devrais pas abandonner le navire en pleine tempête, on a besoin de toi, Natacha, déplore Stepan.

– Mon bébé a encore plus besoin de moi, s'obstine la jeune femme d'une voix aussi douce que résolue.

Son corps est si frêle, ses épaules maigres pointent sous son corsage blanc, mais son expression est imperturbable : elle les abandonne.

– C'est donc ton dernier mot, conclut Gricha d'un ton lugubre.

Ses yeux ne forment plus que deux fentes d'où pourraient jaillir des flammes. Il inspire profondément, expire longuement, puis fixe ses amis en lissant sa moustache ; ce geste achève de l'aider à reconquérir sa prestance.

– Nous n'abandonnerons pas notre grand projet maintenant. La date du 2 novembre est fixée, notre soirée doit accompagner la révolution. Nous devons rebondir. Il faut remplacer Natacha, préconise-t-il, la voix hachée.

Vitali pivote subitement vers moi et me désigne au reste de l'assemblée :

– Et pourquoi ne pas demander à Tatiana de chanter ?

Je tressaille en entendant mon prénom.

– Elle connaît les poèmes de Maïakovski par cœur et je peux vous jurer qu'elle chante à merveille ! Bien mieux que notre ami Stepan, surtout quand il est imbibé de vodka !

Stepan, pas vexé pour un sou, mime la claque méritée par Vitali tandis que mon cœur s'emballe. Mes joues sont brûlantes, jamais je n'aurais imaginé que Vitali me proposerait de participer à leur spectacle. Je ne sais pas si j'ai bien fait de lui confier que j'avais appris des poèmes par cœur… J'écarquille les yeux dans la pénombre du fond de la salle, tétanisée de timidité, incapable de prononcer la moindre parole.

– Eh bien, Tatiana, veux-tu sortir de l'ombre et nous rejoindre dans la lumière ? ironise Gricha.

Je m'agrippe au dossier d'une chaise aussi branlante que moi ; la scène, baignée dans la lueur jaunâtre des lampes à gaz, m'attend…

10
Je pensais être sa sauveuse, me voilà sa rivale

– Tatiana, est-il vrai que tu connais les poèmes de Maïakovski sur lesquels nous travaillons ? insiste Gricha, incrédule, sans quitter sa table.

L'inflexion méprisante de sa voix suggère qu'il me juge incapable d'interpréter de façon juste la moindre chanson et de connaître les poèmes par cœur. Je repense à la mouette prisonnière de son mur, au destin de l'oiseau scellé à son socle. Je repense au regard éclatant d'espoir de ma sœur. Alors me détachant de la chaise, la peur au ventre, je m'approche courageusement d'eux.

Un sourire aux lèvres, les yeux pétillants d'amusement, Vitali semble se délecter de ce moment, Stepan m'observe avec une curiosité teintée de doute. Je suppose qu'il n'a guère envie de partager la vedette avec une débutante incapable d'aligner deux mots. Sa perplexité est plus que légitime.

Lorsque je me plante devant eux, Macha, la pianiste, me jauge sans cacher son scepticisme mais je m'efforce de leur sourire.

– Veux-tu qu'on s'assoie ? me suggère Stepan gentiment.

Et chambardant une rangée de chaises, il en dispose cinq en un arc de cercle convivial et m'invite à prendre place parmi eux.

– Pourrais-tu essayer de réciter quelques poèmes ? me presse Gricha.

– Je… je ne sais pas si c'est une bonne idée, Vitali se trompe… Je vais…

Ma voix se casse, je ne peux plus prononcer un mot.

– Ne vois-tu pas qu'elle a un trac terrible, Gricha, laisse-lui le temps de s'habituer à l'idée, conseille Vitali.

– Du temps, on n'en a pas. Notre événement a lieu dans moins d'une semaine je te rappelle, rétorque sèchement le metteur en scène en jetant un coup d'œil vindicatif à Natacha, qui est restée debout près du piano.

– Dites-vous que nous participons à la révolution en offrant à une jeune fille du peuple qui fait des ménages la chance de s'impliquer dans notre événement artistique unique, exceptionnel et d'envergure au moins internationale ! développe Vitali, toujours narquois.

– On fait de l'art, pas la révolution, conteste aussitôt Macha. Encore faut-il qu'elle sache chanter…

– Eh bien, Macha, dis-toi qu'accompagner Tatiana au piano constitue une expérience artistique nouvelle ! Notre objectif est justement de progresser ensemble grâce à des aventures inédites, n'est-ce pas ? N'oublions pas que Stanislavski voit le studio comme un « laboratoire d'expériences théâtrales », objecte Vitali, jamais à court d'arguments.

– Hum… Tu es malin, Vitali, sourit Stepan en caressant son menton imberbe et en lissant sa moustache brune.

Je n'ouvre toujours pas la bouche, persuadée que je suis aphone.

– On doit se préparer à trouver d'urgence une autre chanteuse parmi nos connaissances, prophétise Gricha d'un ton lugubre.

– Ou une comédienne, qui puisse au moins lire les textes en les incarnant, suggère Stepan.

Tandis qu'ils débattent du remplacement de Natacha, mon cerveau implose sous l'assaut d'un régiment de pensées contraires. « Impossible », hurle un gardien de mon hémisphère droit, « Fonce ! », m'ordonne un officier de l'hémisphère gauche, « C'est de la folie », s'affole un fidèle soldat de mon cervelet, « C'est la chance de ta vie », s'écrie un artilleur de mon système sanguin, « En tout cas, tu rendras grand service à Natacha et au club futuriste », me conseille encore une autre voix compatissante…

Si je m'engage, je libère Natacha de sa culpabilité à l'égard de la troupe, elle me sera reconnaissante et la représentation sera maintenue grâce à moi. Jusqu'à présent, la seule personne qui a vraiment eu besoin de moi, c'est ma grand-mère.

Je commence alors à déclamer la suite du prologue du *Nuage en pantalon*. Je ne suis pas aphone mais ma voix cahote, déraille dans les aigus, c'est une catastrophe. Mais les voyant bouche bée, je récite plus calmement les vers suivants :

Tendres !
Vous couchez l'amour sur des violons.
Les grossiers le couchent sur des cymbales.
Mais vous ne pouvez pas, comme moi, vous mettre à l'envers
afin de n'être plus tout entier que deux lèvres[1] *!*

Le soulagement que j'éprouve à la fin de la strophe me rappelle Lena après son discours dans la taverne. C'est décidément une semaine de défis

1. Extrait du prologue du *Nuage en pantalon*.

pour nous deux. Vitali et Stepan me félicitent chaleureusement pour ma mémoire et mon articulation, j'attends le commentaire de Gricha, qui tarde à venir.

– C'est bien, Tatiana, reste à voir ce que ça donne quand tu chantes, commente-t-il.

J'en déduis que j'ai encore mes preuves à faire en tant que chanteuse pour qu'il valide mon admission définitive dans leur troupe.

– J'espère qu'on arrivera à limiter les dégâts pour le 2 novembre, soupire-t-il.

– Je peux lui donner les partitions à travailler chez elle, suggère Macha.

– Je ne sais pas lire les notes, je murmure, honteuse. Mais je sais chanter les mélodies ! Je les connais, à force d'avoir entendu Natacha.

– Tu es sûre ? m'interroge Macha, dubitative.

Je hoche la tête d'un air confiant, même si le doute s'insinue perfidement en moi.

– Tu as l'oreille absolue, c'est ça ?

Je ne peux pas répondre à la pianiste, je ne sais ni déchiffrer une partition ni ce qu'est l'oreille absolue, mais je peux automatiquement associer un claquement de porte, un bruissement d'étoffe ou un objet qui tombe sur le sol à des notes de musique. Enfant, j'ai découvert seule qu'il existait sept notes principales, je les appelais alors les « sons de musique » et leur ai attribué des noms d'animaux. Je n'ai jamais appris le solfège mais je suis capable de reproduire spontanément le moindre des sons à l'identique. Donc je pourrai effectivement chanter les poèmes de Maïakovski sans avoir besoin des partitions.

– Tu auras de la chance, Natacha, si on rebondit aussi vite après ton abandon, déclare soudain Gricha.

S'il confirme mon recrutement, c'est plutôt moi qui serai la jeune fille la plus chanceuse de Moscou. Je sais chanter, il ne sera pas déçu… Du moins ma grand-mère est-elle persuadée que je sais chanter. Mais son avis est-il fiable ? J'oscille entre doute et espoir, rêve et réalité.

Toujours à l'écart, Natacha ne m'a pas encore adressé la parole et sa froideur distante m'interpelle. Croisant son regard, j'y discerne une pointe d'amertume et de jalousie qui me déconcerte, je pensais être sa sauveuse, me voilà sa rivale. Enfilant son manteau de feutre gris bien coupé, elle se prépare à partir et ses amis l'entourent, lui conseillant de prendre garde sur le chemin du retour.

Une fois sur le palier, elle se tourne vers moi et ses lèvres esquissent un merci aussi glacial que la gelée du matin.

Je reste à ma place, désarçonnée par le rempart qu'elle a élevé entre nous. Vitali saisit délicatement mon poignet et l'agite dans l'air à plusieurs reprises comme si mon bras était une baguette de chef d'orchestre.

– Hey, ne t'inquiète pas, rouge rossignol, les artistes ne sont pas toujours simples à comprendre et son choix est difficile à assumer, il doit la soulager autant que la frustrer…

Il a une étonnante faculté à deviner mes pensées et à trouver les mots qui me rassurent.

– Merci, je chuchote avec gratitude.

Portée par l'espoir que leur groupe m'accueille, j'ai l'impression de flotter dans un espace intermédiaire, entre deux temps de ma vie.

Demain, peut-être, je serai chanteuse.

– Chers amis, nous apostrophe Gricha. Il est vingt-deux heures, je vous propose de nous retrouver demain matin pour auditionner Tatiana et, souhaitons-le, reprendre notre travail en sa compagnie…

11
Le Paradis ? Ou l'Enfer ?

Nuit du 26 au 27 octobre

Lorsque je me retrouve seule avec lui, Gricha m'indique un gros baluchon, posé à l'angle de la pièce :

– Le directeur m'a donné des costumes à recoudre, il faudrait que ta grand-mère ait fini dans deux jours, c'est pour la troupe qui joue *La cerisaie*[1] au théâtre d'Art !

Je m'empare des vêtements et récupère les kopecks qui me sont dus. Dans une tentative de me mettre à l'aise, Gricha m'interroge sur ma vocation de chanteuse mais j'abrège poliment, prétextant que ma grand-mère doit s'inquiéter de mon absence.

Je dévale les escaliers jusqu'au perron où Vitali m'attend. Il me prend par le bras et m'entraîne dans la ruelle.

1. Écrite en 1904, jouée au théâtre d'Art de Moscou, il s'agit de la dernière pièce du dramaturge russe Anton Tchekhov (1860-1904).

– Donne-moi ce sac à porter, Tatiana. Je te raccompagne chez toi, je dois voir Lena pour lui parler d'une petite affaire.

– J'espère qu'elle est déjà rentrée. Elle est allée aux étangs Clairs chercher du bois.

Vitali accentue la pression de sa main sur mon poignet.

– Vous n'avez plus de quoi vous chauffer ?

– Non…

Intimidée par notre proximité, je réajuste mon châle posé sur mon manteau pour lui cacher mon trouble.

– Tu es bien silencieuse ! remarque-t-il.

– Ah bon… Non je…

Je bafouille et m'empourpre.

– Tu m'en veux de t'avoir proposée comme chanteuse ?

– Pas du tout. C'est seulement que je réfléchis à ce que babouchka pensera si je suis…

– Si tu es intégrée au club des futuristes ? me coupe-t-il. Elle sera extrêmement fière ! Elle est persuadée que tu es faite pour devenir chanteuse d'opéra !

– Comment tu le sais ? Elle t'en a parlé ?

Mon air ahuri le fait bien rire puis il se détache de moi et écarte théâtralement ses bras.

– Un matin où tu n'étais pas là, Evguenia Sergueïevna ne m'a pas seulement parlé de toi, elle a fait ton éloge ! Ah ça, elle était intarissable sur ta mémoire auditive, ta capacité à chanter juste, à utiliser tous les timbres, à imiter les voix et même à inventer des mélodies ! énumère-t-il, lyrique.

Tandis qu'il compte sur ses doigts mes talents, je me mords les lèvres d'embarras. L'admiration de ma grand-mère est disproportionnée et elle est trop bavarde.

– Tiens tiens, tu grimaces comme quand tu es gênée ! s'esclaffe Vitali en m'imitant.

À lui de me faire rire, mais volontairement.

– D'une certaine façon, poursuit-il, de nouveau sérieux, c'est grâce à elle si je t'ai sollicitée pour chanter les poèmes de Maïakovski !

Je digère toutes ces informations. Sacrée grand-mère… C'est une révolutionnaire à sa manière.

– Euh Tatiana, tu comptes passer la nuit sur les pavés ?

– Il y a autre chose… Si je prépare le spectacle avec vous, je ne pourrai plus assurer mes tâches au théâtre d'Art, le directeur va me renvoyer. Et sans ma paye, on ne s'en sortira pas…

D'autant qu'avec Lena qui ne s'occupe plus que de sa révolution, notre situation est plus précaire que jamais. Mais ça, je ne peux pas lui en parler, je ne suis même pas sûre que ma sœur l'ait informé de ses activités de révolutionnaire.

– Je m'en occupe, laisse-moi négocier avec Constantin Stanislavski. Tu ne perdras pas ton poste, fais-moi confiance Tatiana.

Et il me tire par la main et ne me lâche plus jusqu'à ce que nous atteignions la cour où se niche notre maisonnette. Avant de me faufiler entre les objets qui jonchent le sol, je me plante devant lui.

– Promets-moi de ne pas dire à ma grand-mère que j'auditionne demain pour votre spectacle, je lui raconterai ça plus tard.

– Promis, *Étoile, pourquoi cette paresse à luire*[1] ?

Je ris en m'engageant dans la cour.

– Arrête un peu avec tes citations de Maïakovski !

Aucun rai de lumière ne transperce les vitres cabossées de notre maison, Lena n'est donc pas encore rentrée et babouchka doit mourir de froid à l'intérieur. En me hâtant, je me cogne le genou contre un gros bloc de plâtre, il faudrait vraiment qu'on s'en débarrasse un jour.

Dès que je pénètre dans la pièce glaciale, j'allume des bougies et Vitali dépose le sac de costumes près de la porte. La voix éraillée de grand-mère retentit aussitôt :

– Tatiana, c'est toi ?

1. Extrait d'un poème de Maïakovski, intitulé « Nativité de Maïakovski », dans *L'Homme, Chose*, 1917.

Au cours de toutes ces années de cécité, elle a développé un incroyable sens de l'observation auditive. Elle identifie les visiteurs à leurs pas dès leur arrivée dans la cour.

– Oui babouchka, c'est moi... Lena n'a pas encore apporté de bûches ?

– Non, elle n'est pas arrivée. C'est Vitali qui est avec toi ?

– Oui, Evguenia Sergueïevna, bien le bonsoir !

Sa voix rauque et chaleureuse emplit la pièce sombre d'un air de fête.

– Bonsoir, jeune homme, que venez-vous m'annoncer de si joyeux ?

Sans lui laisser le temps de répondre, je m'exclame :

– Je vais faire chauffer l'eau du thé, le samovar est froid !

Un bruit de pas résonne alors dans la cour.

– C'est Lena ! s'écrie grand-mère.

Et la porte s'ouvre dans la foulée.

– Babouche, Tatia, c'est moi ! J'ai du bois ! Des bouts de palissade, c'est tout ce qui restait au parc des étangs Clairs ! Tiens, Vitali, t'es là ? Ça tombe bien, j'ai quelque chose pour toi ! lui annonce-t-elle.

– Je suis là pour ça, justement, approuve Vitali d'un air entendu.

– J'allume le poêle et je suis à toi, lui dit-elle.

Une allumette craque et j'entends enfin le crépitement miraculeux du feu.

– Voilà, c'est pas ce soir qu'on va mourir de froid, affirme ma sœur d'un ton satisfait.

– Merci ma douchka[1], s'extasie notre babouchka.

Elle est aussi fière de Lena que de moi, nous sommes les deux héroïnes de sa vie. Je m'empare des légumes préparés par grand-mère et cuisine la soupe dans la casserole posée sur le poêle. Les mains de Lena étant couvertes de terre, je lui donne un chiffon à tremper dans notre broc d'eau pour se nettoyer.

– Je dois causer avec Vitali, je reviens, nous prévient-elle en ressortant.

– Au revoir belles demoiselles, proclame le jeune peintre, charmeur, avant de suivre ma sœur dehors.

– Tu es le bienvenu pour souper si tu le souhaites !

Ma voix a frémi sans que je la contrôle, trahissant ma folle envie qu'il reste avec nous.

– Cela va dépendre de ta sœur, Tatiana. C'est elle qui commande sur ce coup-là.

Je n'ai aucune idée du « coup » qui les préoccupe, il s'agit sûrement d'un de leurs trafics de vodka polonaise, ou pire. Je patiente en touillant la soupe.

1. Surnom affectueux qui signifie « petite âme ».

– Il est charmant, ce Vitali, gazouille mon espiègle grand-mère.

– Babouchka…

Je soupire, mi-amusée, mi-agacée.

– Eh bien, quoi ? Tu ne veux pas en parler ? me taquine-t-elle.

Je n'ai effectivement pas envie de lui raconter quoi que ce soit et le retour de Lena, malheureusement seule, me tire d'embarras.

– Hé, ça sent sacrément bon !

Et elle s'installe à table en face de grand-mère.

– Qu'est-ce que tu as donc fait aujourd'hui, ma douchka ? la questionne cette dernière doucement.

– Petrograd a été prise par les bolcheviks hier ! Ils vont maintenant se battre pour prendre Moscou, lui affirme Lena sans transition.

– Alors ça y est ? C'est ta révolution qui commence ?

Pensant que je n'ai pas tenu ma promesse, Lena me jette un regard vindicatif auquel je réponds d'un éloquent haussement de sourcils : elle sait comme moi que nos cachotteries ne servent à rien avec grand-mère, qui devine tout, ou presque. Ainsi sans connaître les détails de l'engagement de ma sœur, babouchka a-t-elle compris toute seule qu'elle soutenait les révolutionnaires. Lena nous résume les derniers événements à Petrograd sans que grand-mère ne l'interrompe mais quand elle évoque les « boutiques de charlatans », babouchka riposte d'un ton convaincu :

– C'est pour ça que toutes les cloches de la ville sonnent autant. Les popes n'en veulent pas, de ta révolution. La dernière fois que je suis allée à l'église avec Tatiana, le pope a dit que Christ était anti-bolchevik, voilà ce qu'il a dit.

Lena éclate de rire :

– Babouchka, comment tu peux encore croire ces profiteurs du peuple ?

Les yeux aveugles de grand-mère s'écarquillent d'effroi et elle se signe, ébranlée par la virulence de sa petite-fille. Je leur apporte la soupe et verse si brutalement sa portion dans le bol de ma sœur que j'asperge sa veste.

– Oups désolée…

– Fais gaffe, Tatiana, bougonne-t-elle.

Je lui montre le visage chamboulé de notre grand-mère d'un mouvement de tête furieux, l'incitant à ne pas l'affoler ainsi, elle ne sait encore rien de précis sur son engagement politique et son adhésion au parti bolchevik. Je repose la casserole sur le poêle quand Lena reprend la parole :

– Babouche, il faut que je te dise…

Je me fige : ma sœur m'a mal comprise, elle a cru que je désirais qu'elle révèle la vérité à notre grand-mère ! Je fais volte-face, agitant mes mains en l'air pour qu'elle se taise mais il est trop tard.

– Je suis bolchevik maintenant, je vais me battre pour la révolution.

Je retourne près de ma grand-mère silencieuse et pose ma main sur son épaule.

– Te battre ? Mais comment ? s'affole-t-elle.

– J'ai une arme, confie Lena.

– Une arme ma petite-fille ? Alors ta révolution commence avec une arme ? murmure babouchka.

Malgré la tiédeur qui envahit l'espace, je frissonne en sentant sous ma paume le tressaillement de grand-mère.

– Je vais protéger la révolution, et je te protégerai aussi, babouchka. Aucun ennemi ne te fera de mal, je suis une bolchevik maintenant.

– Une bolchevik parce que tu as une arme ?

– Parce que je peux vous défendre et que je vais me battre pour ce que moi, je veux. Et on ne sera plus jamais dans la misère. Et les hommes ne seront plus envoyés à la guerre. Je veux décider de mon sort. Tous les miséreux doivent décider de leur sort aussi. Je ne veux plus que les bourgeois décident pour nous. Il n'y a pas de liberté sans justice. Et c'est cette liberté que je veux, moi.

Une chose est sûre, la révolution libère la parole de ma sœur, dont le talent d'oratrice n'est plus à prouver.

– On ne va pas attendre de mourir pour aller dans un paradis qui n'existe peut-être pas, on va créer notre paradis sur terre, babouchka, finit-elle, la voix brisée d'émotion et de tendresse.

Un léger tremblement agite les mains de grand-mère quand elle se signe rapidement plusieurs fois de suite, en murmurant des prières confuses. Alarmée par sa fébrilité, je me penche jusqu'à coller ma joue contre la sienne, elle effleure ma peau de ses doigts doux, comme pour me rassurer.

– Le Paradis ? Ou l'Enfer ? demande-t-elle alors.

J'aimerais qu'elle partage notre élan. Moi aussi, j'ai envie de croire qu'il est possible de changer le monde.

– On peut espérer que les bolcheviks réussissent à le bâtir, ce paradis sur terre, non ? je chuchote.

Ma grand-mère sourit tristement, le visage aussi chiffonné que celui de Lena est rayonnant.

– Fais-moi confiance, babouche. La Paix, le Pain, la Terre, voilà le paradis pour nous, conclut-elle en se levant.

Elle embrasse la paume de grand-mère puis se tourne vers moi.

– Faut que j'y aille, Vitali m'attend, m'informe-t-elle. Et restez loin des fenêtres, il est possible qu'on commence à se battre dès ce soir. Et toi Tatiana, veille bien sur babouchka.

À peine arrivée, aussitôt repartie, la révolution transforme ma sœur en courant d'air. Une agréable odeur de soupe plane dans la pièce, il fait bon au coin du poêle, grand-mère récite des prières. Sur le mur, au-dessus du matelas de Lena, trône un vieux calendrier de la brigade des pompiers. Il est orné d'un dessin des derniers véhicules à moteur de lutte contre les incendies.

Quand nous étions petites, ma sœur rêvait de devenir pompier. Mon père lui expliquait que c'était impossible pour une femme mais elle s'obstinait ; entêtée, s'entraînait à grimper au plus vite sur des échelles ; acharnée, passait sa main sur le poêle pour résister à la chaleur. Je l'avais retrouvée un jour perchée sur le toit, qu'elle avait atteint en escaladant le mur pour s'exercer « en vrai ».

Et elle est en ce moment dans la nuit de Moscou, armée, prête à se battre contre des officiers formés au maniement des armes. Elle peut être abattue sans sommation à tout moment, à un coin de rue, et je ne suis même pas à ses côtés.

12
Bienvenue parmi nous !

Matinée du 27 octobre

Réveil difficile. Je ne me suis endormie qu'après le retour de Lena vers cinq heures du matin. Mes paupières sont lourdes. Le samovar chauffe, grand-mère coupe le pain noir et Lena, accroupie près du poêle, tisonne les braises. Une fois que les bûches flambent joyeusement, elle se redresse, satisfaite. Elle est déjà habillée, prête à sortir, la révolution l'attend et la rend insaisissable. Je me redresse d'un bond.

– Tu repars ?

– Oui, l'insurrection commence. Je dois rejoindre mon poste.

Le couteau tombe dans un bruit sourd sur le plancher, babouchka gémit de douleur et je me précipite vers elle : elle s'est blessée, son index saigne. Lena s'empresse d'entourer la blessure d'un mouchoir de coton pour arrêter le sang.

– Grand-mère, je t'ai dit de me faire confiance, il ne m'arrivera rien.

Elle s'évertue à la rassurer en lui caressant la tête mais grand-mère s'agrippe fébrilement à sa main.

– Jure-moi, ma petite-fille, sur Dieu, que tu me reviendras vivante, l'implore-t-elle.

– Mais oui, je te jure, même si ça ne sert à rien que je jure sur Dieu, répond-elle en retirant doucement sa main.

Et elle s'évapore une fois de plus. Pour distraire ma grand-mère, je lui donne les costumes à recoudre.

– Tiens, babouche, il y a du travail.

Elle frôle les tissus de ses doigts mais la tristesse voile ses yeux et affaisse ses traits.

– Je me souviens de ces habits, je les ai déjà raccommodés, remarque-t-elle.

– Oui, c'est pour la troupe qui joue *La cerisaie.*

– Bien, je m'en occuperai. Mange donc un peu, ma douchka.

Tout en dégustant le pain noir et en buvant mon thé, je lui raconte que le club futuriste va peut-être me recruter pour chanter des poèmes de Maïakovski dans son spectacle d'art total. Son visage s'éclaire au fur et à mesure de mon récit.

– S'il ne te reste plus qu'à prouver que tu sais chanter, alors c'est gagné ! jubile-t-elle. Tu as la voix la plus belle que j'aie jamais entendue.

– Je l'espère, babouchka, je l'espère tellement.

– Bien sûr que tu seras prise mon canari. D'ailleurs, bien que je n'aime pas beaucoup la coupe de leurs costumes, je coudrai le tien et tu seras la plus belle !

– Je n'en ai pas besoin, babouchka, je tiendrai une silhouette découpée dans du carton devant moi !

– Je te ferai une jolie tenue quand même !

Elle est tellement habile de ses doigts que créer une robe est aussi simple pour elle qu'inventer des chansons pour moi ou se faire des amis pour Lena.

Beaucoup de choses sont cousues à l'envers.

Le cœur ne s'encolère pas, il est sourd à la haine[1].

Ces vers m'inspirent une musique nostalgique. J'aime chanter pour ma grand-mère, elle a développé une écoute assez subtile et repère les moindres nuances de mon timbre.

– Ta voix est plus grave que d'habitude, c'est beau, mon canari…

Son visage exprime sa joie de s'abandonner à ma chanson. Soulagée de la voir moins tourmentée, je cherche un autre poème mais mon choix est restreint ; mieux vaut éviter ceux qui dénoncent

1. Extrait du 1er acte de la tragédie en vers *Vladimir Maïakovski*, écrite par Maïakovski en 1913.

les horreurs de la guerre avec une crudité et une cruauté particulièrement frappantes. Et je ne souhaite pas non plus la heurter avec des textes anticléricaux dont Vitali a réussi, grâce à ses multiples réseaux, à se procurer des versions non censurées.

Des vers « présentables » (voilà qui ne plairait pas à Maïakovski) me reviennent en mémoire et j'invente une autre mélodie que celle de Macha, au tempo plus saccadé, adapté aux rimes.

Où vais-je ?
Pourquoi ?
Dans la centième rue,
je cours en tous sens,
parmi le bruissant
essaim humain[1].

Bien que brinquebalant, le rythme plaît à babouche : lorsque je referme la porte de la maisonnette, je l'entends encore fredonner.

★ ★ ★

Les mots de Maïakovski dansent dans ma tête et j'en oublie l'insurrection jusqu'au moment où des détonations retentissent dans la rue Tverskaïa !

1. Extrait du poème « Maïakovski aux siècles », dans le recueil *L'Homme, Chose*, 1917.

J'accélère jusqu'au studio et Stepan me bouscule sur le perron, essoufflé et rouge d'avoir couru.

– J'ai bien failli me prendre une balle, halète-t-il.

Nous nous précipitons dans la pièce de répétition. Macha et Gricha observent la rue par la fenêtre. Mes yeux font le tour de la salle : Vitali manque à l'appel.

– Vitali n'est pas là ?

– Non, pas encore, me répond Gricha sans se retourner.

Je les rejoins, nerveuse. Le front collé à la vitre, je scrute le quartier, inquiète pour ma sœur et Vitali. Des tirs retentissent de nouveau, les combats font rage et Lena est sûrement en première ligne. Je ne quitte pas la rue Tverskaïa des yeux, des hommes armés se poursuivent, tirent, des corps tombent. Je couvre ma bouche de mes mains, affolée.

– Il faut fermer les volets, ordonne Macha.

– Non ! je m'écrie. On ne pourra plus regarder par la fenêtre... Je... je voudrais guetter si Vitali arrive...

– Trop dangereux, me coupe Gricha.

Ils s'activent, un peu paniqués, et la salle est bientôt si sombre qu'il faut allumer les lampes à gaz. Gricha nous invite de sa voix nasillarde à nous concentrer sur la pièce plutôt que sur les émeutes.

– En scène, les artistes ! Nous allons répéter dans une drôle d'ambiance aujourd'hui. Mais cela ne nous empêchera pas de progresser. Comme Vitali n'est pas encore là, commençons avec le poème d'ouverture du spectacle. C'est à toi, Stepan, de réciter la tirade du jeune homme ordinaire. Ensuite nous poursuivrons avec l'audition de Tatiana si vous le voulez bien. Je dois évaluer les capacités vocales de notre potentielle recrue prodige, m'encourage-t-il.

Je sursaute en entendant mon prénom puis me dirige sans hésiter vers Macha à côté du piano. Bien campé sur ses jambes, Stepan, qui incarne le personnage de Maïakovski, bombe le torse et parade sur la petite tribune aménagée par Vitali :

Mesdames messieurs !
Arrêtez !
Mesdames messieurs !
Messieurs,
Messieurs !
dites-moi vite :
c'est ici qu'on veut brûler les mères ?
Messieurs !
Le cerveau des hommes est aigu,
mais il s'incline devant les mystères du monde,
et vous, vous allumez un bûcher
avec les trésors des connaissances et des livres[1] *!*

1. Extrait de *Vladimir Maïakovski, tragédie*, 1er acte, 1913.

Sa manière de renforcer le bouillonnement des vers me fascine ; il ose ponctuer sa voix grave de notes aiguës qu'il accompagne d'une gestuelle à la fois grotesque et tragique.

– Ne sois pas trop frénétique, Stepan, l'interrompt Gricha. Évite cet excès de jeu.

Les épaules maigres de Stepan se haussent, dédaigneuses, ses mains s'agitent vers le bas comme les ailes d'une poule, il s'ébroue avant de recommencer.

Et il ne change rien.

Il ajoute même un mime burlesque. Cette fois-ci, personne ne le dérange, bientôt ce sera mon tour et mon trac gonfle, j'ai l'impression désagréable que mes mains se transforment en pierres.

– Tatiana, Macha, que dites-vous d'enchaîner avec *La flûte des vertèbres* ? Macha a composé une musique poignante sur le désespoir de Maïakovski après une rupture amoureuse. Cela sera parfait pour tester la voix de Tatiana.

J'ai de la chance, c'est une de mes chansons préférées du récital. Reproduisant les rituels de Natacha, j'échauffe ma voix avant de commencer :

Dans ton visage, tes yeux ont creusé
les fosses de deux tombes.
Les tombes s'approfondissent
sans creuser de fond.

Il me semble que je chute de la passerelle des jours.
J'ai tendu mon âme comme un câble au-dessus de l'abîme
et jonglant avec les mots, je m'y suis balancé[1].

À la fin de ma chanson, Gricha hoche la tête d'un air satisfait.

– Bienvenue parmi nous, Tatiana, me sourit-il.

Je retiens mon cri de joie mais, à l'intérieur de moi, c'est la fête. Mon cœur danse la polka, c'est la fanfare dans ma tête !

Cette fois, c'est sûr, leur *chef de troupe* a officiellement validé mon recrutement au club futuriste ! La voluptueuse Macha me contemple, le visage bouleversé, les yeux bordés de larmes. Stepan me félicite d'un clin d'œil et s'approche de sa démarche maniérée.

– On répétera ensemble demain si tu veux ?

Très impressionnée, je m'oblige à garder la tête haute, une immense fierté m'envahit : j'ai saisi ma chance. La révolution commence déjà à changer le monde, puisqu'elle me permet, à moi, de chanter des poèmes de Maïakovski au studio d'Art, avec des étudiants.

1. Extrait de *La flûte des vertèbres*, 3e partie, 1915.

– D'accord, Stepan… Avec plaisir, merci… Je suis si heureuse de chanter avec toi, c'est… Tu as tant de talent, je ne sais pas si…

Débordée par un flux d'émotions trop intenses, je me perds dans le désordre de mes mots quand Macha déboule et me serre contre sa poitrine avec une exaltation sincère. Son parfum de violette m'enveloppe, et je me blottis contre son corps aux formes rebondies et accueillantes. La glace est bel et bien rompue entre nous. La pianiste-compositrice de la bande m'a adoptée.

Nous poursuivons ensuite une étrange répétition rythmée par les coups de fusils. Je suis si concentrée que j'en arrive à oublier l'absence de Vitali. Et quand il surgit enfin, un baluchon dans la main, je suis si soulagée que je m'élance vers lui pour me jeter dans ses bras mais Gricha s'interpose.

– Eh bien, Vitali, est-ce une heure pour arriver ? s'indigne le *chef de troupe*.

– Désolé, s'excuse Vitali, l'air faussement piteux, mais regardez ce que je vous ai apporté pour le déjeuner !

L'ouverture de son sac rend ses amis euphoriques, un brouhaha joyeux s'élève.

– Du pain blanc et du fromage de brebis ! s'extasie Gricha.

– Du saucisson... reluque Macha avec gourmandise.

– Et du kvass[1] ! approuve Stepan en saisissant la bouteille.

– Sans oublier les deux bouteilles d'eau gazeuse. Voilà de quoi tenir jusqu'à ce soir ! conclut Vitali fièrement.

Je salive, il est déjà deux heures de l'après-midi et je meurs de faim moi aussi. Vitali se tourne vers moi.

– Alors ? Cette audition ? se renseigne-t-il malicieusement.

Mon sourire parle pour moi et Macha lui annonce de sa voix cristalline :

– Elle est extraordinaire ! Cette petite a un don, une voix pure, une sensibilité naturelle !

Vitali met terme à ce flot d'éloges en me soulevant de terre. Il me fait tourbillonner dans les airs.

– Bienvenue au club des futuristes ! s'exclame-t-il.

Lorsqu'il me repose, je chancelle, en perte de repères, ne sachant plus si tout cela est bien réel. M'agrippant à ses poignets, je le fixe gravement.

– Eh bien petit rossignol rouge, pourquoi ce regard solennel ?

1. Boisson alcoolisée, légèrement pétillante, à base de fermentation de pain, qui ressemble à la bière.

– Est-ce que tu as des nouvelles de Lena ? je murmure en essayant de ne pas trop dévoiler mon angoisse.

– Non, je suis désolé, Tatiana. Je ne l'ai pas revue depuis hier soir.

13
Je dois la protéger

À la fin de la journée, je tangue de fatigue dans l'escalier. Les poèmes et les mélodies s'entrechoquent dans mon esprit. Vitali me rattrape au rez-de-chaussée.

– Attends-moi, Tatiana ! Je te raccompagne, me propose-t-il.

Il cale ses pas sur les miens dans la ruelle obscure et je ne peux m'empêcher de lui reparler de Lena.

– Vous évoquiez hier soir avec Lena une affaire à régler ensemble. De quoi s'agissait-il ?

– Écoute, je ne peux rien te révéler, c'est confidentiel, tu comprends ? me répond-il d'un ton étonnamment sérieux.

– J'ai le droit de savoir, tu ne crois pas ?

– Je peux te dire une seule chose, concède-t-il d'un ton las.

Je frémis d'impatience tandis qu'il soupire.

– J'aide ta sœur depuis quelques semaines.

– Tu l'aides à quoi ?

– Je l'aide sur certaines de ses missions pour le parti bolchevick, murmure-t-il.

– Alors votre affaire, c'est lié à ça ?

Il acquiesce d'un mouvement de tête. Je me sens un peu jalouse de leur complicité qui s'élargit à l'insurrection. Qu'ils m'excluent de leurs trafics, je pouvais le comprendre, mais qu'ils me cachent leur combat révolutionnaire, c'est plus difficile à accepter. La révolution compte pour lui, il y croit, il soutient les bolcheviks, mais il continue à venir aux répétitions.

Des bruits perçants de combats retentissent et il m'intime de me dépêcher. Leur intensité augmente pendant les derniers mètres qui nous séparent de chez moi.

– Les junkers commencent à attaquer le comité militaire révolutionnaire place Skobelev, murmure-t-il. Faut que j'y aille.

Et il repart vers la rue Tverskaïa et moi, je crie sans même savoir s'il peut m'entendre :

– Fais attention à toi !

Je m'arrête devant la porte de l'immeuble, je ne veux pas rentrer chez moi, je veux savoir ce qui advient de ma ville.

Je fais demi-tour.

C'en est assez de rester enfermée, de me comporter comme si l'insurrection n'existait pas vraiment. Le cœur battant, je reste embusquée à l'angle de la rue Tverskaïa et me colle contre le mur de pierre dans un réflexe de protection avant de scruter les alentours : des gens courent entre les arbres à la lumière des réverbères qui viennent d'être allumés. J'ignore si ce sont des insurgés, des passants paniqués ou des défenseurs du gouvernement.

Des coups de feu et des hurlements d'effroi remplacent les bruits habituels de la rue. Une balle fracasse la vitrine du coiffeur d'en face. Un homme au visage rubicond, son double menton comprimé par son col dur, me bouscule sans ménagement pour rentrer chez lui. Je perds l'équilibre et tombe par terre. Une femme au manteau déchiré me tend la main dans un sourire compatissant puis s'éloigne à toute vitesse. Des cris retentissent :

– Attention camarades ! Un bataillon de junkers !

– Ils arrivent !

Des ouvriers foncent dans la ruelle, se cachent dans des immeubles, fuyant des junkers en uniforme. Leur jeunesse me surprend, ils ne sont, pour la plupart, guère plus âgés que moi. Je me dissimule sous le porche et ils dépassent la ruelle au pas de course sans me repérer.

Quelques secondes plus tard, les junkers tirent sans sommation sur tous ceux qui ont le malheur d'être à leur portée. Horrifiée, je vois des corps s'effondrer sur les pavés juste devant le théâtre d'Art, sous les yeux métalliques de l'intransigeante mouette. Et dans un grand fracas funèbre, les cloches des quatre cents églises de Moscou carillonnent.

Ces gens qui viennent de mourir pourraient être Lena, Piotr ou Vitali… Une onde d'angoisse me parcourt et je m'inquiète soudain pour ma grand-mère, qui entend sûrement les détonations. Si les émeutes se poursuivent cette nuit, je dois être auprès d'elle. Je dois rentrer à la maison et la protéger.

★★★

Lorsque je l'embrasse sur le front et m'assois juste à côté d'elle, son menton tremble. Je n'ose penser à la terrible journée qu'elle a vécue, seule, entourée par les bruits de combats, sans aucune nouvelle de nous. Je l'imagine, priant pour Lena et moi au point que sa voix se casse, guettant notre retour. Je masse doucement ses épaules nouées par la peur.

– Où est ta sœur ? Où est ma douchka ? murmure-t-elle d'une voix vacillante.

– Je ne sais pas.

Je voudrais lui dire les mots de courage et d'espoir mais aucun ne surgit, alors je remets du bois dans le poêle, réchauffe en silence le reste de soupe et le partage avec babouchka qui y trempe un bout de pain.

– Lena va bientôt rentrer, me garantit-elle. Dieu me l'a promis.

– Tu as raison, babouche, elle ne va pas tarder.

Mais des crampes au ventre me hurlent le contraire.

À la fin du souper, elle me demande de lui apporter les costumes et les tapote fièrement. C'est le signe qu'elle a réussi à achever sa besogne pendant cette interminable journée. Repriser est sa manière à elle de s'alléger de ses pensées noires.

– Regarde, j'ai fini, m'annonce-t-elle fièrement. La comédienne qui porte la robe de soie bleue, elle a une forte poitrine, non ? Elle perd à chaque fois un bouton à cet endroit-là !

J'éclate de rire, ma grand-mère a beau être aveugle, elle a une connaissance très précise de la réalité dont elle saisit d'étonnants détails à force de déduire, de deviner et de ressentir ! Comme elle a assisté au spectacle de *La cerisaie* avec moi au studio, elle s'amuse à associer ces costumes aux acteurs qui les portent, à leurs voix et à leurs silhouettes qu'elle imagine.

– Cette robe appartient à la comédienne dont la voix monte tellement dans les aigus qu'on dirait qu'on lui arrache une dent quand elle crie, c'est ça ? fanfaronne-t-elle.

– Oui, il s'agit de Varia. Elle prend aussi des cours de chant pour devenir cantatrice !

– Elle ne chantera jamais aussi bien que toi, mon canari, sa voix est trop stridente alors que toi, ta voix est… cristalline ! Une mouette ne peut pas rivaliser avec un rossignol.

Elle exhibe déjà un autre costume, un pantalon beige de velours à grosses côtes.

– Et lui, je renforce à chaque fois son pantalon… L'acteur qui le porte tombe à genoux et bêle comme un mouton au lieu de s'exprimer intelligiblement !

Elle sort les vêtements un par un et chacun a droit à son histoire. Ses doigts parcourent avec vivacité les coutures, défroissent les plis et je m'oublie dans ce flot de paroles, de gestes et de tissus jusqu'au moment où la fatigue me submerge. Je fredonne un air paisible et familier comme le bruissement léger des vêtements entre les mains de ma grand-mère et mes yeux se ferment malgré moi.

– Mon canari s'endort, chuchote babouchka.

Nous nous allongeons l'une contre l'autre sur le même matelas, grand-mère s'agrippe à ma main et je m'emmitoufle dans sa tendresse, y puise la force de ne pas laisser la peur me dominer. Mais nous dormons mal, l'oreille aux aguets, avides d'entendre les pas de Lena entre le crépitement des mitrailleuses et les coups de canons.

Dès la première lueur de l'aube, j'enfile mon manteau et cours jusqu'à la rue, l'air est figé par une dure gelée d'automne. De la fumée s'élève du côté du boulevard Tverskoï, sûrement un incendie. De retour dans notre maisonnette, je prends une résolution : je ne laisserai pas ma grand-mère seule aujourd'hui, elle m'accompagnera au studio.

14
Un peintre-pirate

Matin du 28 octobre

Guidant babouchka dans la cour surchargée, je suis attentive aux objets à éviter.

– Il ne neige toujours pas, c'est bien dommage. La gelée va fondre au cours de la journée, bougonne-t-elle.

La neige manque, les flocons adouciraient la ville et ses habitants. Les enfants construiraient des bonshommes dans les cours d'immeubles et les coups de canons seraient remplacés par des batailles de boules de neige. Nos talons heurtent le sol d'un bruit sec, le portier de l'immeuble situé en face du studio, un homme aussi discret que curieux, balaye le trottoir. Il salue ma grand-mère avec l'obséquiosité qu'il dédierait à une richissime comtesse.

– Bonjour chère et honorée Evguenia Sergueïevna.

– Bonjour Anton Mikhaïlovitch, répond-elle courtoise. Vous allez bien ?

– J'attends la première neige, râle-t-il en levant les yeux au ciel comme s'il maudissait Dieu de ne pas daigner nous envoyer de flocons.

– Vous avez entendu les combats cette nuit ?

– Oui, terrifiant, hein.

Je m'immisce entre eux en entendant des rafales de mitrailleuses :

– L'insurrection n'est pas finie ! On ne peut pas parler dans la ruelle comme dans un salon de thé ! C'est dangereux, allons-y babouchka…

– Tout ça à cause de ces bolcheviks qui veulent livrer la Russie aux Allemands, maugrée le portier. Maudits soient-ils !

– Oh vous savez, moi, je ne sais plus trop qui est coupable de quoi dans ces révoltes, soupire babouchka.

Mon cœur fond de tendresse, elle a défendu Lena en doutant de la légitimité des jugements politiques du portier. Irrité, celui-ci sort son tabac et roule une cigarette mais des coups de feu éclatent à proximité et il se rue dans son appartement du rez-de-chaussée.

Je saisis prestement babouchka par la main.

– Vite, il faut nous mettre à l'abri sans traîner.

Nous nous engouffrons dans le studio.

★★★

Les artistes du club futuriste réservent spontanément à ma grand-mère un chaleureux accueil. Et cette fois, Vitali est déjà là ! Il va peut-être me donner des nouvelles de Lena.

– Bienvenue à ma couturière préférée, la charme Vitali, le visage creusé de fatigue.

S'il savait ce que sa *couturière préférée* pense de ses créations vestimentaires futuristes, il serait peut-être moins séducteur.

– Bonjour chère Evguenia et merci pour les dernières retouches de ma robe, enchaîne Macha.

Si la pianiste lui exprime sa gratitude, elle ne porte pas pour autant son costume. La pensée fugace qu'elle ne l'apprécie pas réellement me traverse l'esprit.

– Vous serez notre première spectatrice, quelle chance ! rigole Stepan.

Entourée de tous ces vils flatteurs, grand-mère rayonne mais un coup de canon tonne et son visage s'assombrit.

– Ils tirent du mont des Moineaux[1], s'alarme Vitali.

– Mon Dieu, faites qu'aucun obus ne tombe sur nous, murmure Macha.

– Allons, mettons-nous au travail, ce n'est pas plus dangereux ici qu'ailleurs de toute façon. Et

1. Point le plus élevé de Moscou où se trouve aujourd'hui l'université d'État.

participons à la révolution en nous consacrant à l'œuvre de Maïakovski ! nous stimule Gricha.

J'aide grand-mère à s'asseoir sur une chaise et supplie la petite voix inquiète en moi de se taire : elle me rappelle sans relâche que Lena a disparu depuis hier matin.

Fidèle à son poste, Vitali installe un épais carton contre le mur et verse les trois couleurs primaires sur sa palette où il ajoute du noir et du blanc. Je m'approche de lui.

– Est-ce que tu as vu Lena ?

– Non, Tatiana. Mais je me suis renseigné, elle est vivante.

– Est-ce que tu sais où elle est ?

– Non, me répond-il d'un ton sec.

– Désolée si j'insiste trop…

– Je comprends que tu t'inquiètes mais je dois avancer sur la conception de mes décors. Je ne laisserai pas tomber la troupe, mais franchement, une partie de moi préférerait se battre pour la révolution avec Lena.

J'opine sans un mot, je l'avais deviné.

– Au fait, j'ai tout réglé avec le directeur, il accepte de te donner un congé exceptionnel, chuchote-t-il.

Je le remercie vivement et me penche vers ses cartons.

– Tu commences les décors ?

– Oui, je vais m'exercer à mes « expériences picturales futuristes », m'explique-t-il, en dessinant des guillemets dans l'air.

– Et elles consistent en quoi ?

– Ce sont des improvisations. En gros, je vais peindre pendant que vous réciterez des poèmes.

– Chaque représentation aura un nouveau décor ?

– Oui, c'est le concept. La création des décors fait partie du spectacle.

Puis il dégaine de sa ceinture deux pinceaux, tel un soldat cosaque ôtant ses sabres turcs de leurs fourreaux, s'amuse à jongler avec eux, cale le premier entre ses dents et accroche l'autre à la boutonnière de sa blouse jaune comme il l'aurait fait d'une fleur. Un peintre-pirate, je songe en admirant ses gestes chorégraphiés. Il a un véritable talent de mime.

– La fleur au fusil, s'écrie-t-il.

Et il s'agenouille devant moi, une main sur le cœur, me tend le pinceau-fleur, en baissant les yeux. J'accepte son cadeau et le coince derrière mon oreille. Et je crois déceler dans son regard mystérieux plus qu'une simple complicité amicale. Mais je prends sans doute mes rêves pour des réalités, je me ressaisis, m'efforçant de ne pas trop rougir et de garder les pieds sur terre.

Il est temps de répéter mes chansons.

★★★

Lorsque c'est à moi d'entonner *La flûte des vertèbres*, Vitali exhibe ses pinceaux d'un geste caricatural et Macha joue les premières mesures. Être accompagnée au piano modifie ma perception des morceaux. Leurs dissonances ne me heurtent plus, elles s'ajustent à la cadence des notes, les ruptures de rythme s'intègrent à un ensemble cohérent. Je ferme les yeux et puise au fond de moi l'émotion qu'éveillent les mots du poète, oubliant le reste du monde :

Dorez-vous au soleil, fleurs et herbes !
Printanisez-vous, toutes les forces de la vie !
Je ne veux qu'un seul poison :
boire des vers encore et toujours[1].

Le silence, entrecoupé de coups de feu, se prolonge quelques secondes après la fin de ma chanson. Les derniers vers me touchent beaucoup, Maïakovski nous invite là où son amour de la poésie le sauve du désespoir.

Je suis trop pudique pour regarder mes camarades mais de fougueux applaudissements retentissent.

1. *La flûte des vertèbres*, 3e partie, 1915.

Ma grand-mère frappe dans ses mains plus fort que les autres, rayonnante de fierté. Immobile près de son œuvre géométrique, son pinceau à la main, Vitali me dévisage d'un air ébahi. Je rougis et fixe son carton où des triangles verts et violets semblent jaillir au-dessus d'aplats de couleurs primaires. Il a également peint un grand carré noir sur un fond jaune.

Une vive impression de volume et de dynamisme se dégage de son décor.

– Du côté des triangles, c'est la révolte des objets sur la nature, m'indique Vitali, content de lui. Et là, le carré noir représente la victoire sur le soleil.

– C'est génial !

Son travail me captive, je ne me doutais pas qu'il existait des formes picturales aussi libérées de l'imitation du réel.

Vitali est si discret sur son art que j'en avais oublié sa vocation. Or cette peinture n'est pas que géométrique, elle révèle aussi quelque chose d'intime sans que je puisse me l'expliquer. Son abstraction recèle bien du mystère.

– Bravo, Tatiana, me félicite Gricha en lissant sa moustache. Tu nous as offert un beau moment musical, as-tu ressenti à quel point tu étais en communion avec Maïakovski ?

– Oui, merci Gricha, je… je crois…

Une rafale de mitrailleuses et le sifflement des obus nous ramènent à la réalité. Je frissonne d'appréhension à la pensée de notre ville en ruine.

– Les ennemis continuent à canonner depuis le mont des Moineaux, ils visent le comité révolutionnaire militaire qui est installé au palais du Gouverneur. Ils sont prêts à détruire Moscou pour nous empêcher de prendre la ville, fulmine Vitali.

Je tressaille, rester sans nouvelles de Lena devient insupportable. Vitali tourne en rond pendant quelques minutes puis, n'y tenant plus, enfile sa veste et sa casquette.

– Je vous laisse. Je ne peux pas abandonner mes camarades, je dois les aider à se défendre, nous déclare-t-il farouchement.

Je me rassois près de grand-mère en me rongeant les ongles. Mon besoin de voir Lena, de savoir au moins où elle est, m'obsède. Peut-être des bolcheviks pourraient-ils m'informer à la taverne de la rue Arbat où je l'ai accompagnée ?

– Et si on déjeunait ? propose Gricha pour détendre l'atmosphère.

Il nous désigne le baluchon magique de Vitali, décrété « fournisseur officiel du club ». Je ne compte pas partager leur repas, ma décision est prise : rien ni personne ne pourra m'empêcher de retrouver ma sœur. Je saisis la main de grand-mère.

– Babouchka, je dois profiter de la pause pour faire le ménage au théâtre, j'ai pris trop de retard à cause des répétitions. Je reviens dans deux heures.

– Ce n'est pas dangereux au moins ?

– Non, le théâtre est à l'angle de notre ruelle, je ne risque rien…

Je lui mens sans l'ombre d'un regret.

15
Si c'était une espionne...

Après-midi du 28 octobre

Je dévale les escaliers. Dans la rue Tverskaïa, un homme finit de recouvrir un cadavre à l'aide d'un drap avant de retourner chez lui tête baissée. Je rase prudemment les murs, aux aguets, prête à me mettre à couvert sous les portes cochères. Traquant les révolutionnaires, des junkers en uniforme, isolés ou groupés, patrouillent. La majorité d'entre eux sont encore des adolescents...

Quelques rares passants se sont aventurés dehors et longent les immeubles. Certains édifices anciens, en retrait par rapport aux autres, offrent d'efficaces abris. J'ai l'impression de ne plus être dans ma ville, d'être projetée dans une terre lointaine et inconnue. Les régiments du gouvernement semblent dominer ce quartier, il n'y a aucune trace de bolchevik dans les parages.

Je reconnais soudain la silhouette de Piotr au loin ; un fusil en bandoulière, il s'éloigne de son allure inimitable vers le boulevard Tverskoï. Je ne peux pas me tromper, lui seul a une démarche aussi hachée. « Piotr ! », je hurle en courant vers lui. Mais il grimpe dans un tram sans m'entendre. Reprenant mon souffle devant une église à la coupole dorée, je ne reste pas longtemps à découvert et me planque dans le renfoncement d'une devanture de pharmacie.

Les junkers sont partis, je traverse la rue pour rejoindre le passage Leontevski, lorsqu'une explosion ébranle l'air, le souffle est si violent que je suis projetée sur le sol. Mon front heurte les pavés. Dans un grand craquement, le dôme de l'église est emporté. Je me roule en boule et entoure ma tête de mes bras. Des éclats de métal et de verre voltigent dans l'air, mais aucun débris ne me percute.

Mes yeux me brûlent, mes oreilles bourdonnent. Mais je suis vivante, grand-mère parlerait de miracle. Je me relève, chancelante ; on m'observe à travers les fenêtres ; les habitants, cloîtrés chez eux, se tapissent derrière leurs rideaux.

Mes jambes ne me portent plus, j'ai besoin de me reposer quelques minutes. Le portique à colonnes blanches du grand magasin d'en face me sert de refuge. Je m'affale par terre, le dos appuyé contre un socle qui me soustrait aux regards. Si j'avais su qu'un jour, cet édifice me servirait d'abri... J'admire l'harmonie de cette façade majestueuse et digne, coincée entre un monastère de brique à la forme asymétrique et un magasin de ferraille à la vitrine poussiéreuse.

Des vociférations de rage traversent soudain le silence qui m'enveloppe, des junkers braillent des ordres :

– Les rouges ont fait sauter l'église !

– Ramenez-les morts ou vifs !

Je m'agenouille pour observer leur bataillon se ruer vers l'église, armes à la main. Des cris, de panique cette fois, succèdent aux déflagrations. Les junkers tirent à vue. Une balle s'écrase sur le pavé à trois pas de moi, ils m'ont repérée, ils me visent ! Je me redresse d'un bond et déguerpis vers les ruelles d'artisans où il est plus facile de s'abriter. Après quelques mètres dans la rue Leontevski, je tombe sur un junker isolé. Mon premier réflexe est de me cacher mais je me ravise et marche bravement vers lui. Il a seize ans tout au plus et semble perdu. Quand il m'aperçoit, il arme son fusil et me met en joue.

– Halte, où vas-tu ? beugle-t-il.

Il y a plus de nervosité que de rage dans sa voix qui n'a pas encore complètement mué.

– Je rentre chez moi, je suis étudiante, je répétais au studio d'Art. Laissez-moi passer s'il vous plaît. Je suis blessée…

– Tu habites où ?

– Rue Arbat.

– Le quartier est aux mains des insurgés, y'a encore des combats là-bas, maugrée-t-il.

– Ma grand-mère est seule, elle m'attend. Laissez-moi rentrer chez moi.

Je n'ai pas l'habitude de mentir, je m'en sors plutôt bien. Je l'implore du regard mais il ne baisse pas son arme et ses yeux suspicieux me glacent.

– J'ai pas confiance en toi. Suis-moi, je t'emmène à l'état-major, on va t'interroger, m'intime-t-il.

Il s'approche jusqu'à toucher mon thorax de la pointe de son arme. Je ne peux pas le laisser m'emmener, impossible d'être sa prisonnière. Je me jette sur lui en agrippant le canon de son fusil. La collision le déstabilise, je lutte pour lui arracher son arme, il tire et une balle effleure mon front. Je crie de douleur et le repousse violemment, il perd l'équilibre, il est si surpris que j'ai le temps de fuir. Il me menace de loin :

– Je te retrouverai ! Traîtresse rouge ! Sale bolchevik !

Je cours sans m'arrêter jusqu'à la ruelle suivante.

Des ouvriers et des soldats y montent la garde sur une barricade. Ce sont les bolcheviks ! Folle d'espoir de retrouver Lena, je me rue vers eux. Ils pointent leurs armes vers moi et je m'immobilise, à bout de souffle.

– Holà, petite citoyenne ! Tu as ton laissez-passer ? m'interpelle un ouvrier en vareuse, à la voix puissante et à la barbe fournie.

– Non...

– Et qu'est-ce qui est arrivé, tu es blessée ? se renseigne-t-il gentiment.

Mon manteau est déchiqueté, mes mains écorchées et du sang coule de mon front. Je tamponne ma blessure avec ma manche.

– C'est rien, camarades, seulement des égratignures. Un junker m'a tiré dessus.

Ma voix est à peine audible, je transpire et me sens vaguement nauséeuse.

– Et tu vas où comme ça, petite camarade ? T'es pas bien vieille, tu ferais mieux de rester enfermée chez toi, reprend-il d'un ton presque protecteur.

– Je cherche ma sœur, c'est l'une des vôtres, elle a disparu depuis hier.

– Et pourquoi on te croirait ? Qu'est-ce qui nous dit que t'es pas une ennemie ? aboie un autre soldat en calotte abîmée, mal rasé, une cicatrice lui barrant la joue.

– Je… je l'ai accompagnée à une réunion de soviets, dans une taverne de l'Arbat. Elle s'appelle Lena Ivanovna Fabelinska, vous la connaissez peut-être ?

– Oui, on m'a parlé d'elle, une sacrée recrue, pour sûr, c'est une des nôtres. Va voir au comité insurrectionnel de quartier qu'est dans la même taverne, me sourit le barbu en m'indiquant la direction de son fusil.

– Merci camarades ! Merci ! je m'écrie.

Je me faufile entre le mur et la barricade, j'atteins l'extrémité du passage Voznesenski, et je débouche rue Bolchaïa Nikitskaïa. Ce quartier de Moscou m'est familier et j'ai mémorisé l'itinéraire jusqu'à la taverne de l'Arbat.

C'est d'un pas confiant que je m'engage dans la rue Mali Kislovski où je ne fais aucune mauvaise rencontre.

Bientôt, j'identifie les murs jaunes de la taverne. Deux hommes montent la garde, plantés devant la porte.

Ce sont les ouvriers qui m'ont fouillée lorsque je suis venue avec Lena : le massif au visage replet et le grand tout en os, à la figure aiguë. Je serre les poings et prends une grande inspiration pour tenter de leur en imposer :

– Je voudrais rentrer.

– Et pourquoi qu'tu veux rentrer ? m'agresse le maigre.

– Je suis déjà venue ici, avec ma sœur, Lena Ivanovna. Je la cherche.

Malgré mes efforts, ma voix vacille et mes jambes sont agitées de tremblements que je n'arrive pas à contrôler.

– C'était déjà vous qui surveilliez l'entrée, je reprends. Vous vous rappelez peut-être de moi ?

– Oui, ta frimousse me dit quelque chose, mais t'as trop de sang sur le visage, c'est difficile d'être sûr, répond le gorille en fronçant les sourcils.

J'essuie vainement le sang qui coule sur mes joues tandis que le garde me scrute, fouillant dans sa mémoire.

– À quelle section qu't'appartiens ? questionne abruptement l'autre.

– Aucune. Je cherche seulement ma sœur, elle n'est pas rentrée depuis vingt-quatre heures.

Je prononce ces dernières paroles dans un souffle. Évoquer la disparition de Lena devant ses camarades rend la situation réelle, donc insupportable. Je me contracte, ce n'est pas le moment d'abandonner.

– Hum... Elle est pas là, m'informe le costaud au cœur tendre, qui a l'air d'avoir pitié de moi.

– Lui en dis pas trop, Ivan, on sait jamais, si c'était une espionne, le rabroue le méfiant.

Tout ce chemin pour apprendre que Lena n'est pas là… Des larmes coulent sur mes joues et je plonge mon visage dans mes mains. Je les retire aussi vite : elles sont couvertes de sang.

– Faudrait qu'elle nettoie sa plaie et qu'elle mette un bout de tissu d'ssus, dit le costaud.

– J'ai un mouchoir propre, t'as d'la chance, tiens, prends-le, enchaîne son camarade.

Et le nerveux, qui n'est pas si cruel, me tend un mouchoir en me conseillant de le laisser appuyé longtemps sur ma blessure pour qu'elle arrête de saigner.

– Moi, j'la reconnais, cette petite, avec ses yeux bleu-vert, les mêmes que ceux d'sa frangine, et aussi maigrichonne qu'elle ! C'est pas une espionne, j'te dis, j'en mets ma main à couper.

– T'es sûr de toi ? hésite l'homme aigu.

– Ouais, j'te dis, même j'me rappelle qu'elle a les cheveux châtains, pasqu'elle avait enlevé son bonnet.

Ma blessure me lance mais je maintiens fermement le mouchoir et la pression stoppe l'hémorragie. Je ne sais plus quoi faire, je reste figée, là, devant eux, sans rien dire. Ils me jaugent en silence quelques instants. Mes larmes coulent sans discontinuer depuis qu'ils m'ont appris que Lena n'était pas dans la taverne.

– Dis donc petite, arrête de pleurer, tu sais quoi, ta sœur, j'suis sûr qu'elle va bien, elle sait se défendre. Va donc là-dedans d'mander à Mitia, c'est un de nos chefs, y te dira où elle est, ta Lena.

– Tu prends le risque de la laisser entrer ? s'inquiète le maigre.

– Sans hésiter, camarade. Sans hésiter. Si on peut pas aider une p'tite camarade en détresse à r'trouver sa sœur, alors, elle sert à quoi, notre révolution, hein ?

Et il m'ouvre la porte pour me céder le passage d'un geste galant.

16
Monstrueux comme mon visage

Toujours aussi bruyante, la taverne est désormais encombrée de caisses de munitions. Affalés sur des sacs, des hommes se reposent, leurs revolvers à la ceinture. Des réserves de cartouches sont posées sur les tables, à côté de saucissons et de pains. Je scrute avidement les lieux, cherchant qui pourrait être ce Mitia, peut-être l'ouvrier aux yeux cernés qui remplit des laissez-passer à ma gauche ? Deux jeunes femmes confectionnent des brassards rouges à côté de moi.

– Salut camarade, me dit l'une d'elles sans interrompre son activité.

– Bonjour, je cherche Mitia, vous pouvez me dire où il est ?

– Il est là-bas, près du comptoir, avec Olia et Grigori…

Et elle me désigne le fond de la salle d'un geste fatigué sans se douter de l'étincelle de joie qu'elle allume en moi. Je suis des yeux la direction de sa main : trois personnes discutent à une table, à la lumière d'une lampe à pétrole. En m'approchant, je réalise qu'ils sont penchés sur un plan de Moscou. Très concentrés, ils pointent du doigt des zones précises, sans doute les quartiers qu'ils ont pris et ceux où se déroulent encore les combats.

Il y a là une femme d'une quarantaine d'années aux traits sévères et aux cheveux ébouriffés, un vieil homme aux dents noires et aux joues creuses parsemées de poils épars et un soldat brun dont la joue est barrée d'une affreuse cicatrice qui s'étend de ses lèvres à son oreille. Il relève brusquement la tête et son regard se pose sur moi. Je tressaille comme s'il m'avait prise en flagrant délit. Il me fait signe de les rejoindre. J'enlève le mouchoir de mon front, le sang ne coule plus.

– Qui es-tu ? Je ne t'ai jamais vue ici ? me dit-il calmement.

Son charisme m'impressionne et je réponds intimidée :

– Je cherche Mitia.

– Et tu lui veux quoi, à Mitia ? demande-t-il d'un air entendu.

– On m'a dit qu'il pourrait savoir où est ma sœur.

– Et c'est qui, ta sœur ?

– Lena Ivanovna.

Il m'adresse un sourire chaleureux mais déformé par sa cicatrice.

– Ah, tu dois être Tatiana ! Lena m'a beaucoup parlé de toi ! Enchanté de te rencontrer. Je suis Mitia.

Et son visage se teinte de nostalgie.

– Je connaissais ton père.

– Mon père ?

– Oui, on a été enrôlés dans le même régiment d'artillerie en Ukraine.

– Vous avez des nouvelles de lui ?

– On s'est battus ensemble l'année dernière contre les Autrichiens. Un carnage. J'ai déserté il y a un an. Et je ne sais rien des soldats qui sont encore au front.

– Au front ? On dit que c'est l'horreur là-bas ?

Ma question est vaine, il y a tant d'hommes mutilés, défigurés, qui errent dans les rues de Moscou. Leurs corps en ruine racontent l'atrocité de cette guerre qui n'en finit pas.

– Oui, c'est l'horreur, Tatiana. Une boucherie. Tu vois, c'est monstrueux comme mon visage.

Un éclair fulgurant de tristesse enflamme ses yeux brillants.

– J'ai rencontré d'anciens compagnons de mon père avec Lena en février dernier, mais pas vous ?

– C'est normal, je me cachais, j'étais recherché par la police du tsar puis par celle de Kerenski ! me répond-il.

– C'est vous qui avez recruté Lena ?

– Entre autres, oui.

Et il me donne une accolade chaleureuse ; la femme me gratifie du sourire contrit de celle qui a des choses plus importantes à faire que d'écouter nos souvenirs de famille. De son côté, le vieil homme ajuste ses lunettes pour m'examiner de son regard pétillant de malice.

– C'est qu'elle est jolie, la sœur de Lena, elles ont les mêmes yeux clairs comme de l'eau de roche, et le même air têtu, apprécie-t-il d'une voix aigrelette.

– Oui, Grigori, on sait que t'aimes bien les jolies filles !

Mitia m'entraîne à l'écart.

– Écoute, Lena est en ce moment au Kremlin, elle se bat contre les soldats du gouvernement qui essayent de s'en emparer. On est en mauvaise posture. Nos ennemis sont maîtres du centre-ville. J'ai bien compris que tu voulais retrouver ta sœur, mais je te le déconseille, elle est dans une zone de combats intensifs, ça canarde dans tous les sens entre la place Skobelev et le Kremlin. Attends avec ta grand-mère qu'elle revienne chez vous.

J'ai bien conscience du risque que je cours à m'aventurer au cœur de l'insurrection, j'ai déjà failli mourir dans l'explosion d'une église rue Tverskaïa.

– Si tu étais ma fille, je t'interdirais d'y aller, insiste Mitia. Tu vois le gros homme là-bas ?

Il me désigne un soldat révolutionnaire, qui boit du kvass, avachi contre un sac de pommes de terre.

– Vladimir ! lui crie Mitia.

L'autre se redresse vivement.

– Viens par là, camarade.

Il boite jusqu'à nous, un bandage entoure le haut de sa cuisse, des gouttes de kvass maculent sa barbe brune.

– Il a pris une balle dans la jambe, m'explique Mitia. Rien de grave mais il est au repos.

Puis il se tourne vers Vladimir qui s'appuie contre une table.

– Dis-moi, camarade, tu as combattu avec Lena Ivanovna n'est-ce pas ?

– Ah ça oui, et c'est une sacrée bagarreuse, la p'tiote.

– Quand est-ce que tu l'as vue pour la dernière fois ?

– Ben, il y a une heure. Même que c'est elle qui m'a dit d'abandonner mon poste et d'aller me faire soigner la jambe. Faut dire que ça saignait drôlement.

– Merci camarade. Va donc finir ton kvass, tu l'as bien mérité.

Mitia me regarde d'un air bienveillant.

– Tu vois, Tatiana, ta sœur est vivante. Alors retourne vite auprès de ta grand-mère et rassure-la.

Il est déjà quatre heures de l'après-midi, la nuit ne va pas tarder pas à tomber.

– Merci camarade, je vais…

Mais je n'ai pas le temps de finir ma phrase qu'il m'attrape par le bras et me guide jusqu'à l'arrière-salle, transformée en infirmerie.

Une jeune femme blonde en blouse blanche, un brassard rouge autour du bras, s'affaire au milieu de flacons d'alcool, de pansements, de ciseaux et d'instruments de chirurgie.

Un brancard militaire occupe le centre de la petite pièce, un homme blessé à l'épaule y dort profondément.

– Camarade infirmière, peux-tu soigner la blessure de Tatiana Ivanovna s'il te plaît ?

– Bien sûr.

La femme m'invite à m'asseoir et me questionne sur ce qui m'est arrivé. Je grimace quand elle nettoie ma plaie à l'alcool et qu'elle pose un pansement.

– Voilà, jeune camarade, ce n'est qu'une éraflure, tu as eu de la chance. Ça ne risque plus de s'infecter mais change bien ton pansement tous les jours...

Je la remercie et traverse la taverne pour ressortir. Arrivée devant la porte, je me retourne : Mitia agite ses bras en signe d'au revoir. Le QG des bolcheviks m'apparaît comme un havre de paix maintenant qu'il me faut de nouveau affronter les rues de Moscou...

★★★

J'évite tant que je peux les barricades et les ruelles où des combats font rage. À l'angle de la rue Tverskaïa, la vitrine d'un magasin de maroquinerie a été éventrée par un obus et un vieillard vocifère au milieu des décombres. Des coups de feu et les rafales de mitrailleuses m'obligent à me mettre à couvert sous le large porche d'un immeuble.

Le soleil se couche déjà, quelques gouttes de pluie tombent sur les pavés. Plic-ploc, l'amorce d'une mélodie s'esquisse dans mon esprit. La douceur des plic-ploc, leur cliquetis régulier, résistent aux grondements des canons, aux crépitements des mitraillettes et aux sifflements des obus. Ils s'assemblent en musique dans mon esprit, les notes claquent, expressives comme celles du piano de Macha, composant un air futuriste.

La lueur des réverbères dessine des zigzags jaunes dans la pénombre. Une patrouille de junkers circule devant moi sans me repérer. Je compte les minutes qui défilent lentement, la pluie cesse et une vieille dame, un fichu sur la tête, profite de l'accalmie pour traverser prestement la ruelle et disparaître dans un petit immeuble aux murs peints. J'imagine soudain l'inquiétude que doit éprouver ma grand-mère à cet instant. Il faut que je rentre au plus vite la rassurer. En remontant plus au nord, il est peut-être possible d'éviter les zones d'affrontement et de rejoindre la rue Tverskaïa plus facilement. Il me semble qu'il y a moins de combats au niveau du boulevard Tverskoï et de la place Pouchkine.

Je sors de ma planque et m'engouffre de nouveau dans les étroites rues sombres…

★★★

Lorsque j'arrive au studio, la troupe a cessé de travailler. Macha, Stepan et Gricha entourent ma grand-mère, recroquevillée sur elle-même. Leurs expressions soucieuses me paniquent et je me rue sur elle, craignant le pire.

– Je suis là, babouche, je vais bien !

– Ah Tatiana, je ne respirais plus, j'ai cru que tu ne reviendrais pas.

– Je suis allé au théâtre d'Art pour t'apporter de quoi manger et tu n'y étais pas, me reproche Gricha.

Des cernes noirs soulignent les yeux de ma grand-mère et ses traits sont altérés. Sa respiration sifflante m'alarme.

– Elle a eu un petit malaise, je lui ai fait respirer une huile essentielle de camphre, j'en ai toujours sur moi, je suis asthmatique, m'informe Macha.

– Tu es blessée ? s'inquiète Stepan en voyant mon pansement.

– Rien de grave, une égratignure.

Inutile d'affoler grand-mère davantage. Je lis dans le regard de Gricha qu'il me juge déraisonnable et égoïste de l'avoir abandonnée. À moins que je ne projette sur lui ma culpabilité.

– Vitali n'est pas revenu ?

Stepan fait non de la tête et je m'assois près de babouchka, caresse ses cheveux pour l'apaiser.

– Et ta sœur, tu l'as vue ? souffle-t-elle difficilement.

– Je ne l'ai pas vue mais je sais qu'elle est vivante…

Soudain elle se redresse, fébrile, le visage plein d'espoir, aux aguets.

Elle tend l'oreille, captant sans doute des sons qu'elle seule peut entendre.

– C'est elle ! C'est Lena, balbutie-t-elle d'une voix éthérée.

Et je la crois. Elle arrive. Ma grand-mère ne s'est jamais trompée, elle a toujours reconnu nos pas.

Mon cœur bat la chamade, Lena enfin…

17
Fais-moi confiance !

Soirée du 28 octobre

Elle se fige sur le seuil, ses yeux fiévreux font le tour de la pièce et se posent sur moi. Vitali surgit à ses côtés. Ils sont tous les deux rouges et essoufflés.

– Tatiana, babouchka, ça va ? halète Lena en nous rejoignant.

Je hoche la tête sans un mot, fixant ses traits creusés par sa nuit sans sommeil.

– Vitali vient de me sauver la vie. Des junkers m'avaient chopée, nous annonce-t-elle d'une voix rauque.

Elle saisit mon visage entre ses mains.

– Tu t'es fait quoi ? T'es blessée au front, grogne-t-elle.

– Je… Rien de bien méchant, une éraflure.

– Il ne fallait pas te risquer dans la rue, je te l'avais dit.

Je ne réagis pas à sa réprimande, je veux savoir où elle était.

– Je t'ai cherchée partout. Que t'est-il arrivé depuis vingt-quatre heures ?

– Le gouvernement a repris le Kremlin, commence Lena d'un ton lugubre. Le général bolchevik a cru que tout était perdu pour les insurgés et a ouvert grand la porte à nos ennemis ! C'est à ce moment que j'ai été arrêtée par deux officiers. Ils étaient prêts à m'exécuter d'une balle dans la nuque...

Sa voix n'est plus qu'un souffle.

– Vitali m'a sauvée... Il... Il a abattu le soldat qui me braquait et moi, j'ai sauté sur l'autre et je l'ai...

Elle hésite, son regard fébrile glisse vers grand-mère.

– Je l'ai mis K-O. Voilà. Tu sais tout, conclut-elle le plus vite possible.

Notre grand-mère se signe en marmonnant des prières et Lena la serre contre elle.

– T'es trop pâle, babouche, faut pas te faire du souci comme ça. On va bientôt gagner et on va le construire, notre paradis, tu verras, lui promet-elle tendrement.

– Ma petite-fille, ma douchka, viens que je te regarde, chuchote-t-elle.

Regarder dans le langage de grand-mère signifie palper, toucher de ses doigts, voir de ses mains. Lena se penche vers elle qui frôle son visage, caresse ses joues, donnant l'impression de deviner ce qu'elle a traversé ces deux derniers jours.

– Ma chère petite, ma fillette…

– Tout va bien, babouchka.

Vitali intervient brutalement :

– On n'a pas de temps à perdre, Lena. Un bataillon de junkers nous a vus nous engager dans la ruelle, il faut repartir. Vite.

Il n'y a plus aucune trace du clown en lui. Ses traits sont tirés, ses yeux noirs luisent d'un éclat métallique qui lui donne une dureté nouvelle.

– Grouille-toi, intime-t-il encore. On va passer par les toits. Il y a une trappe en haut des escaliers que j'ai déjà utilisée. C'est la meilleure façon de les semer.

Lena se relève brusquement, ses yeux plongent dans les miens, me suppliant de la laisser repartir et de prendre soin de grand-mère. *Aucun lien ne doit me retenir, s'il te plaît, comprends-moi*, m'implore-t-elle du regard.

– Est-ce que tu as bien caché la bible ? me demande-t-elle soudain.

– Oui, sur l'étagère, je chuchote.

– Ils vont fouiller le studio. Ils peuvent la trouver ! Va la chercher ! Je l'emporte avec moi.

– Non, c'est trop dangereux pour toi.

– Tu n'as pas le temps, Lena ! la met en garde Vitali.

– Je ne peux pas laisser la bible ici. Si les junkers perquisitionnent le studio et qu'ils la trouvent, ils s'en prendront à vous… murmure ma sœur d'une voix désespérée.

Et le visage déformé par l'angoisse, Lena nous désigne : Macha le dos droit devant son piano, Gricha qui tourne nerveusement en rond, Stepan, assis de l'autre côté de grand-mère.

– Je m'en occupe, Lena. Fais-moi confiance. Les junkers ne la trouveront pas, je lui affirme.

– Ils arrivent, je les entends ! Il faut fuir ! Vite ! lui ordonne Vitali.

Ma sœur me serre alors dans ses bras et s'élance vers la porte. Elle n'a plus le choix, des bruits de voix et de pas retentissent en bas de l'immeuble, les soldats sont sur le point d'envahir le studio. Vitali bondit à sa suite dans l'escalier.

– Vitali, s'il te plaît, faites attention.

Il s'arrête net sur une marche.

– Je veillerai sur ta sœur, Tatiana. Et demain matin, je serai là pour notre Maïakovski. Promis.

– Fais attention à toi, je répète, éperdue.

Mais il a déjà disparu dans les étages.

Je me précipite dans la loge, si des officiers perquisitionnent le local, ils découvriront facilement la bible, je ne peux pas prendre le risque de la laisser sur l'étagère. Je récupère le livre dont je reconnais immédiatement la reliure en cuir. En la cachant sur moi, je suis aussi en danger. Je dois trouver une autre solution, et tout de suite. Je reviens dans la salle de répétition. Macha, Gricha et Stepan entourent maintenant grand-mère qui marmonne des prières. En l'entendant psalmodier, j'ai une idée. Je me courbe vers elle, et fourre l'ouvrage dans sa poche.

– C'est une bible, babouche, si on te fouille et qu'on te pose des questions, tu leur réponds que c'est TA bible, et tu continues à prier, tu as compris ?

Elle fait signe que oui et se cramponne à mon avant-bras.

– Des gens entrent dans l'immeuble, m'avertit-elle. Ils sont nombreux, ils montent vite !

18
Quelque chose à cacher

Nuit du 28 octobre

Nous pivotons vers la porte qui s'ouvre brutalement sur trois jeunes aux uniformes déchirés et aux visages éreintés. Je sursaute en reconnaissant Piotr parmi eux. Je retiens mon élan vers lui et les deux autres braquent leurs fusils sur nous.

– Pas un geste ! m'intiment-ils.

Des hurlements résonnent depuis l'escalier.

– Rattrapez-les ! Grimpez sur le toit derrière eux ! ordonne une voix hargneuse.

Je distingue les autres junkers à travers l'entrebâillement qui se bousculent dans les escaliers, incapables de se mettre en rang. J'éprouve un bref élan de compassion pour ces adolescents plongés dans une terrible guerre civile mais leur incompétence augmente les chances de Lena et Vitali de leur échapper. Un officier d'une vingtaine d'années, au visage carré et au corps d'athlète, déboule furieusement dans la pièce.

– On nous a avertis que des bolcheviks avaient pénétré dans l'immeuble. Et on les a vus d'en bas fuir sur les toits ! fulmine-t-il.

Sa rage est explosive, un coup de fusil pourrait partir au premier doute, au premier geste mal interprété.

– Vous trois, fouillez toutes les pièces et ces suspects ! Les insurgés ont pu laisser des armes ! ordonne-t-il à Piotr et à ses deux acolytes avant de rejoindre ses hommes dans les escaliers.

Après son départ, Piotr s'adresse aux deux junkers, un blond au visage boutonneux et un roux grassouillet, qui pointent encore leurs fusils sur nous.

– Je me charge de les fouiller, leur annonce-t-il. Vous, passez au crible la pièce du fond.

Les autres approuvent, sans doute soulagés de gérer la perquisition plutôt que la fouille d'individus perturbateurs. Dès qu'ils ont disparu, je m'élance vers Piotr.

– Ce n'est pas moi qui ai balancé Lena, chuchote-t-il. C'est le portier d'en face qui l'a aperçue entrer avec son complice et qui nous a avertis.

– Je sais, Piotr, je sais, je n'aurais jamais imaginé que tu puisses dénoncer Lena. Mais… si vous les trouvez, vous allez les tuer ?

– Je… je préférerais qu'on ne mette pas la main sur eux, murmure-t-il en pâlissant.

J'entends les soldats jeter des objets par terre, sans doute les livres, les costumes, les décors. Heureusement, j'ai eu le temps d'enlever la bible.

– Une bouteille de vodka polonaise ! Ils ne s'embêtent pas, les artistes ! pouffent-ils.

Mal à l'aise, Piotr inspecte rapidement Gricha, Stepan et Macha.

– On a tout retourné, il n'y a rien de suspect ici ! crient les autres de la pièce voisine.

Je croise le regard triste de Piotr, qui rehausse ses lunettes dont la branche rafistolée par Lena reste branlante.

– Ils vont revenir, je dois faire semblant de te fouiller, m'annonce-t-il.

– Je comprends…

– Désolé, souffle-t-il encore.

Et il se baisse pour tâter mes jambes au moment où ses coéquipiers débarquent.

– Je me suis occupé des suspects. Ils n'ont pas d'armes, les prévient-il aussitôt.

– Tu as eu le temps de tous les fouiller ? s'étonne, dubitatif, le blondinet au visage grêlé.

– Oui, sauf la grand-mère. Elle est trop âgée, non ?

Piotr est bien naïf de présumer que ses acolytes ne s'en prendront pas à une vieille dame.

– Hum, je ne sais pas, vaut mieux avoir l'avis du commandant.

Mon cœur s'arrête quand celui-ci fait justement intrusion dans la pièce.

– Vous avez trouvé quelque chose ? mugit-il.

– Non mais on n'a pas encore fouillé la babouchka, précise l'adolescent acnéique.

– Pourquoi ? Les bolcheviks sont prêts à tout. Fouillez-la, vite, on n'a plus de temps à perdre.

Je m'interpose fougueusement entre le junker et ma grand-mère.

– Non, vous n'avez pas le droit, elle est trop âgée ! Elle est aveugle. Ne la touchez pas.

Ma voix affolée monte dans les aigus. Le soldat jette un regard interrogateur à son supérieur.

– Tu as quelque chose à cacher, jeune fille ? me rudoie-t-il. Non ? Bon alors Piotr, gère-moi ça, et plus vite que ça ! Et vous deux, redescendez dans la rue, j'ai besoin d'hommes pour traquer les deux fuyards d'en bas !

Je préfère encore que ce soit mon ami qui palpe le corps vulnérable de babouchka, je reste près d'elle pendant qu'il entame son inspection. Les épaules de ma grand-mère sont agitées de soubresauts, les mains de Piotr tremblent. Je sais qu'elle l'a reconnu et je prie pour qu'elle n'en dise rien devant le commandant sinon c'en est fini de Piotr. Il tâte ses vêtements, ses mains se glissent sous son gros châle de laine et il sort la bible que j'ai fourrée dans la poche de l'épaisse veste en coton.

– Dépêche-toi un peu, quel mollasson ! rugit l'officier.

Je ne respire plus. Je ne sais pas pourquoi ce livre est capital pour ma sœur, ni ce qu'il recèle de particulier mais si Piotr l'ouvre et qu'il découvre ce qu'il cache, nous sommes perdus.

– C'est juste une bible, marmonne-t-il.

– C'est MA bible, s'écrie grand-mère en lui arrachant le livre sacré des mains.

Elle m'a obéi, elle a prononcé les mots mensongers que je lui ai demandés.

Mieux, elle ne laisse pas la bible entre les mains de Piotr, qui se redresse d'un coup, le visage tressautant de tics. Je croise brièvement son regard indéchiffrable.

– Allez ! En route ! Qu'est-ce que tu fiches ? Rejoins les deux autres dans la rue ! lui ordonne le commandant.

Mon ami se hâte de rattraper son bataillon de sa démarche élastique.

– Piotr…

Ma grand-mère saisit ma main dans la sienne. Elle a tout compris, ma grand-mère. Elle n'a pas failli, elle n'a rien laissé transparaître de ses émotions ni de ses liens avec Piotr. Elle a basculé du côté des bolcheviks pour nous protéger, Lena et moi.

– Pauvre petit Piotr, déplore babouchka. On l'oblige à faire des vilaines choses...

– Babouche, tu veux bien garder encore un peu la bible ?

– Oui, c'est la bible de Lena, elle la protège.

– Plus tard, peut-être que je la reprendrai pour la cacher, d'accord ?

– Tant que cela aide Lena... murmure-t-elle.

Les instructions de l'officier retentissent jusqu'à nous, ses hommes ont dû atteindre la trappe et s'y engouffrer. Je me joins aux prières de ma grand-mère : mon Dieu, faites que Vitali et Lena soient déjà loin...

– Vitali maîtrise parfaitement les toits autour du studio, ils ne sont pas pentus, on peut s'agripper aux jointures entre les plaques de métal et se planquer derrière les cheminées, me rassure Stepan. Vitali connaît même un moyen de s'introduire dans le théâtre d'Art par une lucarne. Et il sait se repérer dans les coulisses. Ne crains rien, Tatiana, les soldats ne les rattraperont pas.

– Je l'espère...

Mon regard glisse sur les personnes que la révolution a réunies dans cette salle étrange, encombrée de chaises, de cartons peints tandis que les bruits des combats continuent à faire rage. Ma grand-mère baragouine des prières où résonnent parfois nos prénoms, et ses épaules maigres tressautent sous son châle de laine aux couleurs ternes ; Gricha fait les cent pas comme un fauve en cage. S'il est adepte des théories artistiques révolutionnaires, la réalité de la révolution et les violences qu'elle engendre le déstabilisent, voire l'effrayent au plus haut point.

Plastronnant sur sa petite tribune en bois, Stepan dresse une main en l'air, théâtral, et entonne les premiers vers d'un poème de Maïakovski de son timbre vigoureux ; Macha s'installe derrière son piano et appuie délicatement sur les touches. Sa musique intime vibre comme un hommage au courage de Lena et Vitali et éloigne pour quelques instants les grondements de la guerre.

Souriant à son ami comédien, s'adaptant à sa voix, se calant sur le rythme de sa récitation, la pianiste virtuose improvise un air si léger qu'il se déploie parmi nous, nous enveloppant de douceur et d'énergie.

Comment osez vous dire que vous êtes poète
et tout gris pépier comme une caille !
Aujourd'hui,
il faut
avec un casse-tête
fendre le crâne du monde !

Vous,
préoccupé d'une seule pensée :
« Est-ce que je danse élégamment ? »,
vous regardez mes distractions
à moi,
le souteneur des places
et le tricheur aux cartes[1] *!*

Je m'abandonne à ce chant de solidarité qui m'insuffle un peu d'espoir. Bercée par la musique, j'observe la rue Tverskaïa par la fenêtre. Le désordre de la ville me fascine, des tourelles surplombées de toits pyramidaux jaillissent au milieu des monastères aux dômes arrondis et des églises aux bulbes coniques. Des flèches dorées s'élancent vers le ciel entre les longues plaques de métal des toits aux pentes légères.

Les couleurs s'estompent dans la pénombre des rues, la plupart des réverbères sont éteints. Des balles percutent violemment l'un d'entre eux, provoquant des projections de gaz enflammé à quelques mètres de moi.

Un incendie embrase le ciel du côté du Kremlin. Les combats s'intensifient, les chants de Stepan et Macha ne suffisent plus à couvrir le tintamarre de l'insurrection. Les vitres tremblent, des obus

1. Extrait du poème *Le nuage en pantalon*, 3e partie, 1914.

sillonnent la nuit, j'en vois un tomber au sol, qui soulève des gerbes d'étincelles. Les murs vibrent à leur tour. Et le rideau tendu derrière la tribune s'affaisse sur Stepan, obligé d'en descendre.

– Tatiana, mon canari, viens près de moi ! m'appelle grand-mère, paniquée.

Je cours la protéger de mes bras.

La nuit sera longue, je décide qu'il est plus raisonnable de rester au studio…

Et ma sœur et Vitali sont quelque part dans cette nuit qui décapite les réverbères.

19
Une barricade

Matinée du 29 octobre

Je range les couvertures et les tapis installés hier soir sur le sol pour que notre couche improvisée soit plus confortable. Je n'ai pas vraiment dormi, j'ai veillé grand-mère toute la nuit. Gricha et Stepan ont profité d'une accalmie pour rentrer chez eux, la répétition est maintenue, sauf contre-ordre, cet après-midi. Macha, qui est debout depuis longtemps, nous sert un thé brûlant avec le reste du pain blanc apporté la veille par Vitali.

– Il faudrait que j'aille chercher de la nourriture, il ne nous reste pas grand-chose, lui dis-je.

Babouchka me saisit l'avant-bras, m'avertissant du retour de Vitali dont elle identifie les pas. Je me redresse et me précipite vers la porte. Il est vivant !

Ses habits sont déchiquetés.

– Tu es blessé ?

– Pas une égratignure, sourit Vitali. Je t'avais dit de ne pas t'inquiéter pour moi, petit rossignol rouge, je ne risque rien, je me suis fait pousser des yeux dans le dos.

– Et… Lena ?

– Elle va bien. On a échappé aux junkers, on est restés cachés dans le théâtre toute la nuit. Et elle est repartie se battre comme une lionne.

– Tu veux du thé ? lui offre Macha aimablement.

– Volontiers, chère Macha, mais je n'ai guère de temps, répond-il, exagérant la courtoisie de son intonation.

– Pas beaucoup de temps ? Tu repars te battre toi aussi ?

J'ai du mal à cacher mon anxiété.

– Tout le quartier de la Tverskaïa est aux mains des cadets[1] sauf le comité révolutionnaire militaire. C'est mal engagé et la présence de chaque homme compte. Comme te l'a dit Lena, notre force, c'est notre nombre.

– Tu vas aller te battre place Skobelev ?

– Non, ils ont besoin de moi au théâtre Bolchoï[2]. Les

1. Adhérents du parti constitutionnel (K) démocrate (D), politiquement modérés, anti-révolutionnaires, favorables à la guerre, voire tsaristes.

2. Une des scènes les plus prestigieuses de Moscou. Le bâtiment, construit en 1825, est situé non loin du Kremlin. Des pièces de théâtre, des opéras et des ballets y sont représentés.

camarades s'en sont emparés, c'est une de nos places fortes maintenant. Mais il faut qu'on y apporte des armes pour attaquer l'hôtel Métropole juste en face.

– L'hôtel Métropole, pourquoi ?

– Parce que c'est un repaire de cadets et de bourgeois et que je connais bien ce théâtre. Ils m'ont intégré au groupe chargé d'installer des canons derrière les colonnes et des mitrailleuses dans l'embrasure des lucarnes.

Difficile d'envisager des armes dissimulées derrière les colonnes blanches de la façade majestueuse du Bolchoï.

– Notre ami Gricha n'est pas encore là ? demande Vitali en faisant le tour de la pièce d'un regard ironique.

– Non, nous ne répétons que cet après-midi.

Son sourire moqueur s'élargit. L'index et le pouce serrés, il dessine de ses mains la forme d'une moustache sous son nez, puis il gonfle ses narines d'un air important et sa bouche tordue découvre ses dents. J'ai l'impression de voir l'étudiant en lettres exaspéré devant moi et ne peux retenir mon éclat de rire tant cette imitation est juste. Il lisse ensuite les poils imaginaires de sa moustache et récite un poème en reproduisant à la perfection la voix nasillarde de Gricha :

Loin de vous,
que ramollit la langueur amoureuse,

dont les larmes inondent les siècles,
je m'en irai
avec le soleil pour monocle
planté dans mon œil écarquillé[1]...

Des coups de canon l'interrompent.

– Ils tirent toujours du mont des Moineaux, déplore-t-il.

– Où est ma douchka ce matin ? interroge soudain ma grand-mère.

Elle était bien silencieuse mais l'agitation de ses mains, qu'elle noue et dénoue sans cesse, trahit son désarroi.

– Elle protège le comité révolutionnaire place Skobelev. Des ouvriers armés affluent en renfort. Ils sont au moins deux cents. Ne vous en faites pas, Evguenia Sergueïevna, tente de la rassurer Vitali pour contrecarrer ses propos alarmants.

– Mais comment se déroulent les combats là-bas ? s'enquiert à son tour Macha.

Vitali s'éloigne de grand-mère pour nous donner des informations moins optimistes :

– Nos ennemis essayent d'encercler la place mais ils n'ont pas réussi à s'en emparer. Ils canardent d'un immeuble en face. Si l'artillerie révolutionnaire ne nous rejoint pas, nous sommes mal engagés...

1. Extrait du poème *Le nuage en pantalon*, 3e partie, 1914.

Devant nos airs déconfits, il change de sujet :

– Bon, je vais me changer dans la loge. Et il faut que je récupère un autre pistolet.

Sa cachette d'armes doit être sacrément efficace pour que les junkers n'aient pas mis la main dessus. Pourtant ils ont passé la pièce au peigne fin et l'ont retournée dans tous les sens, au point qu'il m'a fallu une heure pour la mettre en ordre hier soir. Je suis discrètement Vitali pour repérer sa réserve : il s'accroupit à côté des étagères, enlève une plinthe en chêne, qui dissimule un trou.

C'est là qu'il entrepose ses armes.

Et je prends conscience que Lena et Vitali sont liés par un trafic d'armes destinées aux insurgés. Il a sans doute pour mission de dissimuler les « paquets » que lui transmet ma sœur et de les fournir aux révolutionnaires. Il prend un pistolet et recale la lame de bois à l'aide d'un astucieux système de chevilles. Je regagne rapidement la salle de répétition avant qu'il ne me voie.

– Veux-tu que je te raccommode tes vêtements abîmés ? propose vaillamment grand-mère à mon ami.

– Avec plaisir, Evgenia Sergueïevna, lui crie-t-il de la pièce voisine.

Je souris, cette mission occupera l'esprit de babouchka pendant que j'irai chercher de quoi nous nourrir. Et la réserve de Vitali est l'endroit idéal pour cacher la bible ! Je compte par la même occasion lui emprunter une arme pour pouvoir me défendre dans les rues de Moscou.

★★★

Profitant d'une accalmie, je sors peu de temps après Vitali et croise le portier, Anton, qui balaye devant la porte de son immeuble. À force d'espionner les allées et venues des habitants de la ruelle, il m'évoque un vautour sur sa branche. Piotr m'a révélé qu'il avait dénoncé ma sœur et Vitali mais je dois faire comme si je l'ignorais.

– Bonjour mademoiselle, comment se porte votre grand-mère ? susurre-t-il.

– Elle va bien, merci. Je vais lui chercher de quoi manger. Vous savez où je peux trouver du pain ?

– La boulangerie à l'angle de la rue Tverskaïa et du passage Stolechnikov est fermée à cause des combats. Celle de la ruelle Briousov est ouverte mais la rue Tverskaïa est dangereuse à ce niveau-là. Il vaut mieux remonter vers la place Pouchkine pour la traverser. Mais c'est un peu loin.

– Merci pour ces renseignements, Anton Mikhaïlovitch.

– Vous savez qui a pris le dessus cette nuit ?

– Non… Aucune idée…

Un afflux de méfiance m'assaille et je me crispe, vigilante.

– Courage, la troupe de Kerenski va arriver et mettra bon ordre à tout ça, m'affirme-t-il, convaincu.

S'il y a bien quelqu'un avec qui je n'ai pas envie de parler de la révolution, c'est lui.

– Je ne sais pas, Anton. Quel dommage qu'il ne neige toujours pas…

– Que voulez-vous, mademoiselle, ce sont des balles de plomb qui tombent sur Moscou, pas des flocons de neige…

Le lyrisme du vieux portier m'étonne et je le salue d'un geste de la main avant de traverser rapidement la rue Tverskaïa, la tête rentrée dans les épaules. Croyant entendre des déflagrations, je me cache derrière un poteau mais c'est une fausse alerte. Si le cessez-le-feu dure, j'ai le temps d'acheter du pain. Je suis déjà bien engagée dans le passage Voznesenski quand des détonations éclatent de nouveau. C'est la reprise des combats. Je me pétrifie. Quelle irréaliste j'ai été ! Une patrouille d'officiers déboule du bout de la rue, et je suis obligée de me réfugier dans un immeuble. Les canons grondent dans cette zone dangereuse ; des cris retentissent, suivis de pétarades.

Dès que les junkers se sont éloignés, je ressors et longe un mur de pierre, les bruits d'affrontement s'intensifient, je tourne dans une ruelle : une barricade y a été montée. Je me faufile dos au mur et lutte contre ma peur. Je dois savoir si je suis du côté des insurgés ou de celui du gouvernement. J'identifie rapidement les bolcheviks à leurs casquettes, leurs vareuses et leurs brassards rouges. Quelle chance ! Et parmi les révolutionnaires, jaillit soudain la silhouette de Lena ! Un groupe d'ouvriers afflue, en renfort. Je me glisse parmi eux et grimpe jusqu'à ma sœur sur le monticule constitué de chariots, de pavés arrachés à la rue, de sacs et de gravats.

20
Piotr, fuis !

– Tatiana, qu'est-ce que tu fais là ? s'écrie Lena.

– Je voulais aller dans la boulangerie de la ruelle Briousov et je suis tombée sur ta barricade.

Des junkers surgissent au bout de la rue, leurs fusils pointés vers nous. Je me poste près de ma sœur et sors mon arme sans savoir si je suis vraiment prête à tirer.

– D'où vient ce pistolet ? s'étouffe Lena, éberluée.

– De la cachette de Vitali.

– Tu as vérifié qu'il était chargé au moins ?

– Euh non…

Un ordre nous interrompt.

– Préparez-vous à tirer, camarades !

– Baisse-toi, m'intime Lena.

– Mais je veux…

Je n'ai pas le temps de finir ma phrase qu'elle appuie fortement sur mon crâne, m'obligeant à me mettre à l'abri. Elle positionne son fusil et vise ses ennemis mais soudain elle s'arrête net et remet sa crosse à la verticale. Intriguée, je lève la tête : désemparée, elle fixe un point précis droit devant nous. Je me redresse pour voir ce qui la désoriente et mes yeux se posent sur Piotr, planté au milieu de son bataillon.

J'étouffe mon cri, croise un bref instant le regard myope de mon ami, perdu derrière ses lunettes. Il a lui aussi baissé son fusil.

– Tu fous quoi ? Tire ! rugit son commandant en le voyant pétrifié.

Piotr ne lui obéit pas, le visage décomposé, il nous regarde et ses lèvres esquissent même un sourire. Un de ses coéquipiers touché par une balle en plein cœur s'affaisse, puis un autre. Lui ne tombe pas, aucune balle ne l'atteint. Pourtant autour de nous, ça canarde dur, les balles sifflent, les coups de feu éclatent et Lena ne tire toujours pas non plus. Je la supplie :

– Il faut réclamer un cessez-le-feu, il faut leur dire que notre frère est en face, que ce n'est pas notre ennemi !

Elle interpelle le responsable de la barricade qui lui jette un regard surpris et lui fait signe d'appuyer sur la détente. Et elle n'ose pas exiger l'interruption du combat, décisif pour les insurgés. Les junkers s'effondrent les uns après les autres, je crie de toutes mes forces :

– Piotr, fuis !

Il m'entend, esquisse un drôle de pas de côté et une balle le percute en pleine poitrine. Sous nos yeux horrifiés, il s'écroule.

– Piotr !!! hurle Lena.

Elle saute de l'autre côté de la barricade, court au milieu des balles, je la suis sans me préoccuper des avertissements des insurgés, « Faites gaffe, les mômes, où vous allez comme ça ? », « Hey, restez derrière la barricade ! », « Vous allez vous prendre une balle ! »... Mais je m'agenouille près du corps de notre ami d'enfance, en face de ma sœur, blême.

– J'ai mal, souffle Piotr, les yeux luisants de souffrance.

Je caresse son visage sans retenir les larmes qui inondent mes joues.

– J'ai pas envie de mourir, c'est trop tôt, poursuit-il dans un sourire grimaçant.

– T'es pas encore mort, objecte Lena de son ton buté. On va te sortir de là, qu'est-ce que tu crois.

Et elle saisit Piotr sous les bras pour le transporter à l'abri vers une porte cochère.

– Prends-le par les pieds, m'ordonne-t-elle.

Mais Piotr gémit, un jet de sang jaillit de sa bouche.

– Tu me fais trop mal, Lena, repose-moi, gargouille-t-il.

Lena s'exécute et le repose délicatement sur les pavés.

– Si mon père revient, vous lui dites que…

Il ne finit pas sa phrase.

Mes yeux se brouillent et je me courbe sur lui, je l'enlace, m'agrippe aux pans de sa chemise fiévreusement comme si j'avais le pouvoir de le faire revenir à la vie. Lena retient ses larmes, mais son menton tremble et elle se mord les lèvres au sang. Les détonations s'estompent, la bataille est terminée, les bolcheviks ont gagné la ruelle mais nous avons perdu Piotr. Des cris de victoire fusent autour de nous, et nous sommes prisonnières de notre désespoir.

– Vive la révolution !

– Moscou aux insurgés !

– À bas le gouvernement de traîtres !

– Lénine, nous voulons Lénine !

Je ne supporte pas l'idée de ne plus jamais revoir Piotr, il a toujours été là. Les paroles de *La Marseillaise*[1] retentissent. *Debout, debout, travailleurs ! Debout contre les ennemis, frère affamé !* Un filet de sang sèche sous ses lèvres, rouge comme la banderole

1. *La Marseillaise des travailleurs* : hymne révolutionnaire russe, sur la même musique que *La Marseillaise* française, mais avec des paroles différentes écrites par Piotr Lavrov en 1875.

que les insurgés dressent fièrement au-dessus de la barricade. Des slogans en lettres dorées y sont inscrits. *En avant ! En avant ! Le peuple crie vengeance.* J'examine chaque trait de son visage comme si je voulais le dessiner, une musique lugubre résonne dans mon esprit, je ramasse ses lunettes consolidées par Lena, un verre s'est brisé pendant sa chute.

Et monte vers une aube sanglante
Le soleil de la vérité et de l'amour fraternel,
Même si nous avons payé un prix terrible,
Notre sang, pour le bonheur de la terre[1].

Piotr était le garçon le plus bienveillant que j'aie jamais connu.

– Il faut que tu rentres Tatiana, ça va être violent aujourd'hui, je ne veux pas qu'il t'arrive quelque chose à toi aussi, me supplie Lena d'une voix vacillante.

Elle se redresse et je lève les yeux vers elle.

– Et toi ?

– Moi, je suis à ma place. Je reviendrai à la fin des combats.

Je la connais, quand elle a décidé quelque chose, rien ne peut la faire changer d'avis. Elle me tend la main et m'aide à me relever mais son regard est trop triste, il me gèle à l'intérieur.

1. Extrait d'un couplet de *La Marseillaise des travailleurs.*

– Donne-moi ses lunettes, je veux les garder, souffle-t-elle.

Je les lui tends sans un mot et elle m'enlace très fort, un court instant. Puis elle me met en garde contre les tireurs embusqués dans les maisons et m'explique comment éviter les zones d'affrontement les plus denses.

Une brume sombre, toujours la même, m'enveloppe, de plus en plus noire, de plus en plus étouffante au fur et à mesure que je m'éloigne du corps de mon ami. Sa mort est trop injuste, il voulait juste une élection démocratique. On ne devrait pas mourir pour ça.

21
Plus forts que les forts

Matin du 1er novembre

Allongée sous mon épaisse couverture de laine, je garde les yeux grands ouverts dans la pénombre de notre maisonnette. La lueur verte de l'aube perce à travers la fenêtre. La nuit a été calme, ni coup de canon ni sifflement d'obus n'ont retenti. J'ai froid malgré la tiédeur qui règne à l'intérieur grâce aux bûches apportées par Vitali.

Piotr est mort depuis trois jours et mes larmes ne se tarissent pas. Grand-mère s'échine à me consoler en vain, des pensées obsédantes me hantent : la violence est-elle inévitable pour gagner la révolution ? À quoi sert-elle, la mort de ceux qui tombent sous les balles, qu'ils soient insurgés ou cadets ? Je voudrais ne jamais prendre une arme ni être responsable de la mort d'une personne, dont le seul tort serait d'avoir fait un autre choix que le mien.

Prisonnière de mon brouillard, je vacille, me cogne contre un mur de colère, tombe dans un trou de tristesse. Rien à quoi m'agripper. Aucune branche où me poser, aucune musique où m'envoler.

Pourtant les combats se sont atténués depuis hier, Lena a enfin pu revenir à la maison au grand soulagement de grand-mère, qui respire de nouveau normalement, entourée de ses deux petites-filles. Elle nous a renseignées sur la manière dont les insurgés avaient repris l'avantage : des régiments d'artillerie se sont ralliés aux bolcheviks et ont sauvé le comité révolutionnaire militaire. Des dizaines de milliers d'ouvriers, de soldats et de marins les ont ensuite rejoints et se sont emparés des arsenaux, des dépôts de vivres et du central téléphonique.

« Contrôler les centres de communication, c'est fondamental pour gagner la révolution », nous a-t-elle expliqué. Et les bases militaires arrière sont désormais avec les bolcheviks. Ils sont en train de s'emparer du Kremlin si ce n'est déjà fait. J'émerge pour faire chauffer l'eau du samovar, je n'ai toujours pas répété mes chansons et la représentation a lieu demain.

– C'est toi mon canari ? Tu es réveillée ? demande aussitôt grand-mère que le moindre bruit sort du sommeil.

– Oui, je prépare le thé.

– Tu as dormi un peu ? s'inquiète Lena, réveillée à son tour.

– Pas vraiment mais ça reviendra, ne t'en fais pas…

Quelques minutes plus tard, nous partageons le reste de pain noir et le thé. Bien que résolue à ne plus imposer à grand-mère ma tristesse, j'ai besoin de partager mes tourments avec ma sœur. Peut-être me tirera-t-elle hors de ma brume lugubre.

– Piotr n'avait pas de raison de mourir. C'est trop injuste. Pourquoi cette mort ?

– Il était avec les ennemis, il n'était pas à l'abri, il ne pouvait pas échapper à une balle. Les insurgés tuent les junkers et les cadets sinon c'est eux qui nous tuent. Tu comprends ça ? me répond-elle patiemment en s'asseyant près de moi.

– Et pourquoi seriez-vous meilleurs que le gouvernement précédent si vous prenez le pouvoir en tuant ?

– Parce que pour la première fois dans l'histoire, ce sont les pauvres qui gagnent, qui sont plus forts que les forts, plus forts que ceux qui possèdent tout. Et le monde va devenir plus juste. Mais cette victoire implique des sacrifices, même s'ils sont… terribles.

Et sa voix se brise. Elle se mord les lèvres nerveusement. Elle ne veut pas se laisser dominer par sa douleur, la victoire imminente de la révolution donne sens à tout événement, aussi insupportable soit-il.

– Il n'avait que dix-huit ans, je répète, un sanglot déformant ma voix.

Lena essuie mes larmes d'un geste tendre, passe son bras autour de mes épaules et je sens sa joue contre la mienne.

– Écoute, Tatiana, il ne reviendra pas, il me manque, je ne te dis pas comment il me manque, ça me fait mal là, me dit-elle en mettant ma main sur sa poitrine. Mais il faut avancer, hein, je compte sur toi, grande sœur.

J'essaye de lui sourire à travers mes larmes, je suis née la première et d'habitude, c'est moi qui lui rappelle que je suis l'aînée et qu'à ce titre ma jumelle me doit respect et obéissance.

– Je prierai pour son âme tous les jours, pour qu'il soit bien reçu au Paradis, murmure babouchka.

Lena hausse les sourcils.

– Babouche, arrête un peu avec ton bon Dieu. Il faudrait que tu passes à autre chose. Le paradis, tu n'as plus besoin d'attendre après ta mort pour y aller. Et puis c'est fini, ça, d'accepter que les riches aient tout et que les pauvres n'aient rien sur terre sous prétexte qu'ils se retrouveront à égalité au paradis. Quelle arnaque, non ?

– Mais douchka, je n'ai pas envie de *passer à autre chose*, comme tu me dis. Je crois au contraire que Dieu est derrière toute chose, sourit babouchka.

Lena se redresse brusquement.

– Bon, on en reparlera, on n'a pas le temps maintenant, je dois vérifier comment ça se déroule au Kremlin.

Grand-mère a droit à son baiser sur le front, moi sur la joue.

Arrivée à la porte, ma sœur se tourne vers moi et son sourire éclatant me touche au cœur.

– Et prépare bien ton spectacle, Tatiana ! J'y serai avec les camarades, me promet-elle.

Ses mots sont une musique et grand-mère frôle ma main avec douceur.

– Il faut que je me reprenne, babouche, je ne peux plus rester dans cet état-là.

– Ta tristesse va s'apaiser, mon canari, laisse le temps faire… Piotr n'est plus là où il était, mais il est toujours et partout où tu es. Avec toi. Dans tes souvenirs.

Oui, Piotr sera toujours et partout où je serai. Avec moi…

– Et s'ils mettent fin à la guerre, peut-être que votre père reviendra, murmure-t-elle.

Mais ce que Mitia m'a raconté me laisse peu d'espoir que mon père survive à ce carnage, à cette « boucherie ».

– Si Dieu a écouté mes prières, alors ton père reviendra, oui, poursuit-elle, rêveuse.

Puis un sourire lumineux éclaire son visage parcheminé.

– Toi, me dit-elle, tu dois aller à ta répétition. Il faut te remettre à chanter, ma petite-fille.

– Tu peux rester seule aujourd'hui ?

– Oui, ça ira, les combats semblent finis. Prends les pantalons de ton ami Vitali, je les ai reprisés. Regarde, je t'ai aussi cousu une jolie robe pour ton spectaclc.

– Merci babouchka, elle est très belle ! Je la porterai ! Mais le public ne la verra pas…

– Et pourquoi il ne la verra pas ?

– Je te l'ai déjà dit, parce qu'il y aura un carton devant moi, une sorte de décor personnalisé que Vitali peindra au fur et à mesure du spectacle.

Et pour la première fois depuis la mort de Piotr, je souris.

22
Mystère Maïakovski

Lorsque j'arrive au studio, mes camarades sont déjà là. Macha fait ses gammes, Vitali prépare sa peinture, Stepan s'échauffe et Gricha est plongé dans la lecture d'un recueil de Maïakovski. Il s'interrompt quand je passe devant lui, me demande des nouvelles de ma grand-mère avec une gentillesse désarmante.

– Depuis que Lena est rentrée, elle va beaucoup mieux, merci Gricha ! Et toi, tu es prêt pour demain soir ?

– Je prépare l'introduction de la soirée. Comme je suis le maître de cérémonie, je vais lire des extraits des prologues des poèmes, ils seront le fil rouge du spectacle. Ils serviront de transition entre les différents domaines de la vie de Maïakovski. Et Stepan prendra le relais pour l'incarner.

Je discerne une note tremblante dans sa voix, il n'est pas plus sûr de lui que moi. Son trac, son espoir et sa ténacité m'émeuvent. Je me sens bien parmi eux. Une gravité nouvelle nous unit, nous avons traversé ensemble cette terrible semaine. La révolution est bel et bien en marche et nous l'inaugurons avec un spectacle d'un genre inédit qui doit être joué devant un public tout aussi inédit : le peuple de Moscou !

Avant de me consacrer à notre dernière répétition, j'ai besoin de faire un tour dans les loges. Les costumes sont à leur place, la balalaïka est posée contre l'étagère, des feuilles couvertes de l'écriture illisible de Stepan sont accrochées aux murs. Ce sont les poèmes de Maïakovksi qu'il craint d'oublier. Ces strophes prennent aujourd'hui tout leur sens, elles éclairent le monde, en révèlent la beauté et les paradoxes tout en accompagnant sa mutation.

Je vérifie que l'assortiment de perruques est au complet ; dispose en bon ordre les flacons de crèmes, les boîtes de poudre et les brosses pour nous faciliter la tâche si nous souhaitons tester le maquillage dès ce soir. Maintenant je le sais, je suis prête à me battre, à ma manière, pour la révolution. Je chanterai, mais pas uniquement pour une élite, je chanterai pour tous. Piotr serait fier de moi. Piotr, partout et toujours avec moi… Ma musique est ma seule arme et si elle apporte un peu de bonheur aux hommes, alors oui, je trouverai ma place dans ce nouveau monde.

Lorsque je retourne dans la salle de répétition, je souris à Macha qui travaille encore ses gammes. Stepan fait la chandelle sur le parquet, pendant que Vitali peint des lettres larges et rectangulaires dans une typographie moderne. Je déchiffre derrière lui :

MYSTÈRE MAÏAKOVSKI
ANTI-RÉCITAL DE POÉSIE

À BAS VOTRE AMOUR
À BAS VOTRE ART
À BAS VOTRE ORDRE
À BAS VOTRE RELIGION

LE CLUB FUTURISTE DE MOSCOU

Vitali, qui a senti ma présence, se retourne.

– Tu aimes mon affiche ?

– Oui, tes lettres sont très… originales, euh… je veux dire modernes.

– Tu veux que je te raconte comment j'ai eu l'idée de ces quatre parties ?

– Je veux bien.

Je lui souris, étonnée de sa facilité à devancer mes questions.

– Quand je l'ai rencontré, Vladimir Maïakovski m'a expliqué que son poème *Le nuage en pantalon* s'articulait autour de quatre cris de colère contre le passé sous toutes ses formes : artistique, politique, sociale et même amoureuse.

– Dans toute sa poésie, il y a cette colère contre la tradition et la norme…

– Exactement ! J'ai relu le poème et je le trouve tellement juste que j'ai proposé à Gricha que notre spectacle s'organise autour de ces quatre points. Et il a accepté, hein Gricha, j'ai eu une bonne idée ?

Il hausse le ton pour être certain que leur *chef de troupe* l'entende. Et ce dernier abandonne son recueil et nous rejoint.

– Oui, comme tu as pu mettre la main sur ses poèmes qui parlent de Dieu, c'est réalisable ! ajoute-t-il, avec l'enthousiasme qui le caractérise.

En les écoutant, je me rends compte qu'ils m'ont complètement intégrée à leur troupe ; et d'en être un membre à part entière me rend plus forte.

– Notre projet se nourrit des idées de chacun, aussi variées soient-elles, poursuit Gricha, toujours loquace. Parce que c'est à partir de nos différences que nous l'élaborons !

Quand Piotr et Lena ont été en désaccord, leurs convictions les ont placés chacun d'un côté d'une barricade. Il faudrait inventer un système où toutes les opinions s'expriment, où leur confrontation est à la base des décisions. C'est ce qu'aurait souhaité Piotr…

– Hou hou ? Tatiana, tu es là ?

Gricha agite ses mains devant mon visage.

– Désolée, Gricha, j'étais perdue dans mes pensées. Alors, explique-moi, pourquoi ce mot de *Mystère* devant le nom de Maïakovski ?

– Les mystères, c'est le retour au théâtre du peuple du Moyen Âge que nous allons pimenter d'improvisations avec notre talentueux ami, Stepan le Bouffon ! profère Gricha.

Stepan gesticule justement sur sa tribune, à la manière de l'Arlequin d'une comédie italienne comme j'en ai vu au studio.

– J'ai fini l'affiche ! s'écrie soudain Vitali.

– Magnifique ! s'exclame Macha de son piano.

– Siouperbe ! pérore Stepan en caricaturant l'intonation snob d'une comtesse de l'ancien temps.

Vitali roucoule de plaisir, remue le cou dans tous les sens et roule des yeux comme un pigeon.

– C'est parfait, complimente Gricha à son tour. Comme la grève générale nous a privés de revue, c'est important d'avoir une belle affiche. Et c'est le cas grâce à toi, Vitali, merci !

Je tressaille lorsqu'il prononce les mots de « grève générale », le souvenir de Piotr, s'excusant de n'avoir pu imprimer notre revue, me foudroie. Heureusement, Vitali m'enlace par la taille et me fait tournoyer dans les airs.

– Petit rrrrrossignol rrrrrouge, dit-il en roulant les « r » de manière exagérée, tu es un soleil, ne laisse pas les nuages t'assombrir trop longtemps !

C'est Vitali, le soleil, aucun carré noir ne doit jamais le recouvrir. Il m'a priée un jour de lui réciter mon poème préféré de Maïakovski, je n'ai jamais eu l'occasion de le faire mais j'ai subitement très envie de le lui chanter. Rien que d'y penser, mon cœur s'affole, mais je prends mon courage à deux mains et fredonne d'une voix timide dans son oreille :

C'est arrivé un de ces automnes
Tout le monde
était
sec à prendre feu.
Le soleil s'agitait,
peintre fou,
barbouillant d'orange les gens poussiéreux[1].

– C'est beau, petit rossignol, tu chantes bien, murmure-t-il de sa voix rauque en me reposant à terre.

– C'est mon poème préféré de Maïakovski… Il… il me fait penser à toi.

1. Extrait de *La guerre et le monde*, 2e partie, 1916.

Je bafouille, mes joues sont brûlantes, je ne me serais jamais cru capable d'oser le lui avouer. Et je crains que mon cœur n'explose tant il bat fort. Ses lèvres esquissent un sourire et ses yeux luisent d'une intensité nouvelle que j'ai déjà surprise quelques jours auparavant, si différente de son habituelle bienveillance amusée. Il me scrute avidement comme s'il voulait retenir chacun de mes traits, puis il entoure mon visage de ses mains et m'embrasse.

Lorsque notre baiser s'arrête, je ne respire plus depuis trop longtemps, je suis obligée d'avaler un grand bol d'air et il éclate de rire. Écarlate, je croise le regard taquin de Stepan qui nous observe avec un sourire en coin. Macha détourne les yeux avec discrétion. Quant à Gricha, plongé dans son recueil, il semble n'avoir rien remarqué d'insolite.

23
Vive la révolution

Matin du 2 novembre

Il fait doux ce matin et je profite de mes dernières minutes, blottie sous la couverture, bercée par la musique du bois humide qui craque dans le poêle. Une promenade en tête à tête avec Vitali m'attend, avant que nous achevions les préparatifs de notre *Anti-Récital poétique*. Je caresse la couverture lisse de la bible contre laquelle j'ai réussi à m'endormir malgré la curiosité qui me poussait à ouvrir l'enveloppe.

Ma patience m'étonne.

Je l'ai récupérée hier dans la cachette de la loge, où ne restait plus une seule arme. Il n'y restait que la bible ; la bible sur laquelle était posé un message griffonné à la va-vite : « Bien joué, Tatiana ! ». Ayant reconnu l'écriture ronde de Vitali, j'en ai déduit que Lena lui avait sans doute révélé le contenu de l'enveloppe. Ma sœur dort encore profondément, elle en a besoin, elle est rentrée au milieu de la nuit et je compte éclaircir ce mystère avec Vitali tout à l'heure.

Ma grand-mère peaufine les retouches des costumes pour ce soir, sa sérénité l'illumine et je m'approche d'elle, qui suspend son geste en plein vol. Elle guette nos respirations, le bruit de nos pas sur le plancher, le bruissement de ma blouse et sait exactement où nous nous trouvons à tout moment. Je l'embrasse sur le front.

– Bonjour babouche.

– Bonjour mon canari, regarde un peu les trésors que ta sœur a apportés cette nuit.

Je salive devant le pichet de lait de chèvre, le fromage de brebis, les pirojki[1] au chou et la bouteille de vin géorgien. Et j'applaudis en découvrant encore les crêpes à la confiture, le pot de confiture de canneberge et, posés à leur côté, un magnifique gramophone et un disque !

– D'où ça vient ? je m'extasie.

– J'ai ramené ça du resto de luxe de l'hôtel Métropole ! marmonne Lena depuis son matelas en nous tournant le dos. Vous aurez d'autres disques ce soir…

Je caresse doucement la paroi en bois du gramophone, mets le disque, remonte la manivelle et un charleston effréné retentit.

1. Petits pâtés en croûte.

– Quelle est cette diablerie ? s'écrie grand-mère, effrayée.

– C'est un disque, babouche, n'est-ce pas magique ?

– Laisse-moi le temps de m'habituer à vos modernités, maugrée-t-elle.

Mais ses mains battent déjà la mesure, et son bassin ondule au rythme de la musique ! Je remercie Lena et lui propose de déguster ces merveilles avec nous.

– Non, je veux dormir, grommelle-t-elle.

– Laisse donc ta sœur tranquille, ça fait bien cinq ou six nuits sans sommeil qu'elle enchaîne, me rabroue babouchka.

Quand j'ai achevé mon festin, elle coiffe mes cheveux, les relevant en tresse au-dessus de ma tête. Je désinfecte la plaie sur mon front, elle cicatrise correctement mais je préfère la protéger avec un pansement.

J'enfile enfin ma plus jolie blouse et mon manteau élimé.

– Tu es belle, mon canari, s'extasie babouchka. Il a bien de la chance, ce garçon, tu sais.

– Babouche, arrête de lui répéter tout le temps qu'elle est belle, elle va finir par croire que c'est vrai, rouspète Lena sous sa couverture.

– Tais-toi donc, ma douchka, et dors !

Je sors mais j'entends la réplique de Lena à travers la porte :

– Moi, je ne tomberai jamais amoureuse de personne, affirme-t-elle d'un ton déterminé.

★★★

Vitali m'attend à l'angle de la rue Tverskaïa. À sa vue, je manque de glisser sur une plaque de verglas, me retiens in extremis à un réverbère, lève les yeux vers le ciel blanc et vois un premier flocon tomber. Les bolcheviks ont vaincu, ils sont les maîtres de la ville et la neige tombe. Ce soir, je chanterai les poèmes de Maïakovski si fort qu'ils résonneront là où Piotr peut les entendre. Où que je sois, toujours et partout où je serai, il sera.

Anton, le portier, nettoie son perron d'un geste automatique.

– Bonjour Anton, ça y est, la neige tombe ! Et ce sont de vrais flocons pas des flocons de plomb.

– Hum… La neige va recouvrir les cadavres, pour sûr, bougonne-t-il d'un ton acariâtre.

Je hausse les épaules et Vitali lance ses mains en l'air puis exécute une danse de la neige en tourbillonnant sur lui-même. Sa vrille finie, je me jette dans ses bras.

Nous suivons la rue Tverskaïa main dans la main, les arbres nus se détachent en ombres chinoises sur le ciel blanc. Les fusillades se sont tues mais des flammèches lèchent encore les murs autour de la place Skobelev. Je m'arrête devant le siège des bolcheviks et me tourne vers Vitali, c'est l'endroit idéal pour en savoir plus sur la bible top secrète. Et ma patience a atteint ses limites.

– Tu veux me dire quelque chose ? me sourit-il, intrigué par mon immobilité subite.

J'exhibe victorieusement le livre.

– Tu sais ce qu'il contient ?

– Oui, Lena m'a tout raconté quand on s'est réfugiés dans le théâtre d'Art après notre fuite du studio.

C'est donc dans les coulisses du théâtre qu'ils se sont cachés et qu'ils ont échappé aux junkers.

– Moi, je ne sais rien de cette bible à part qu'elle est fondamentale pour les révolutionnaires et qu'elle mettait ma sœur en danger…

– Tu veux savoir pourquoi il fallait que tu la planques, c'est ça ? me demande-t-il malicieusement.

J'acquiesce.

– Eh bien, ouvre l'enveloppe ! s'exclame-t-il.

Je déchire les bords et sors quatre photos d'identité et autant de passeports.

– Ce sont les éléments qui servent à fabriquer les faux papiers de nos dirigeants révolutionnaires moscovites, m'explique-t-il. Lena devait les cacher et si nous avions perdu, elle était chargée de les leur donner pour qu'ils puissent fuir.

– Cacher des chefs révolutionnaires dans une bible, c'était une bonne idée.

– Est-ce que tu reconnais quelqu'un sur ces clichés ?

J'observe les photos et montre l'une d'entre elles à Vitali :

– Cet homme-là, c'est Mitia, il était dans le même régiment que mon père ! Je l'ai rencontré à la taverne de l'Arbat !

– C'est un des cadres de notre comité révolutionnaire militaire. Et c'est tout ? Tu ne reconnais personne d'autre ? insiste-t-il.

Je scrute plus attentivement les visages en noir et blanc et sursaute : affublée d'une perruque blonde à frange et de lunettes, très maquillée, Lena fixe l'objectif d'un regard solennel. Estomaquée, je prends conscience de la place que ma sœur a prise en si peu de temps dans la hiérarchie bolchevik. Et je croise le regard espiègle de Vitali.

– Ta sœur avait également pour mission d'accompagner nos dirigeants s'ils devaient fuir la Russie. La présence d'une jeune fille inspire confiance. Elle avait donc elle aussi besoin d'un faux passeport, m'explique-t-il. Et maintenant que la révolution a gagné à Moscou, plus besoin de faux papiers ni de fuite ! Tu peux tout jeter !

– Non, je préfère les garder, en souvenir.

Je range les documents dans leur enveloppe et remets la bible dans ma poche.

– On peut repartir ? me propose Vitali.

Et nous nous enfonçons dans les ruelles, certaines vitrines de magasins sont barrées de planches, des restes de barricades rendent parfois le passage difficile. Déjà gardiens de la mémoire, les murs portent la trace des obus et des balles, figeant l'insurrection dans la pierre. Nous évitons quelques cadavres couverts de draps.

J'aime ces quartiers d'artisans, où se succèdent des édifices d'époques variées, leur asymétrie est à la fois joyeuse et chaotique. Des petits immeubles en pierre aux murs colorés succèdent à d'ancestraux ateliers de bois ; des boutiques aux vitrines décorées de motifs végétaux encadrent des églises de brique aux formes biscornues.

Nous dépassons un magasin de conserves, réputé pour la saveur de ses cornichons mis en pot sur place, et passons devant une boutique de coiffeur-barbier dont l'inscription murale n'est guère attractive.

« Ici, on rase, on coupe les cheveux, on met des sangsues et on saigne. »

Je donne un coup de coude provocateur à Vitali.

– C'est tentant, non ?

– Tu plaisantes ? Jamais ! Je laisse pousser mes cheveux maintenant, rigole-t-il en secouant la tête.

Ses boucles brunes débordent sous sa casquette et couvrent son front. Nous flânons, laissant le hasard guider nos pas, et lorsque nous débouchons dans la luxueuse rue Okhotni Riad, bordée d'hôtels particuliers et d'églises aux façades débordantes de décorations, Vitali pose un baiser sonore sur le dos de ma main.

– Je sais où on va aller ! s'écrie-t-il.

Devant l'hôtel Métropole, des révolutionnaires, identifiables grâce à leurs brassards rouges, inspectent des bourgeois dépenaillés et hagards qui ne leur opposent aucune résistance.

– Les clients, y s'étaient réfugiés au sous-sol dans leur salle de billard pendant les émeutes, ricane un ouvrier.

– Y s'sont nourris d'caviar et d'vodka polonaise pendant trois jours ! pouffe un autre.

– Ils sont pas armés, les informe sérieusement un de ceux qui fouillent les anciens clients de l'hôtel.

– Allez-y, vous pouvez partir ! Ouste ! leur ordonne le chef. L'hôtel est réquisitionné par les forces populaires, le comité militaire révolutionnaire va s'y installer.

Les bourgeois se dispersent sans rien exiger, sans doute heureux de ne pas avoir été exécutés.

– Et faut me détruire les réserves d'alcool hein camarades ! rappelle le chef.

Cette dernière consigne provoque un tollé général, qu'un insurgé interrompt en déboulant de l'hôtel avec un sac bien gonflé.

– Qu'est-ce que t'as piqué ? l'assaille-t-on aussitôt de toutes parts.

Pris sur le fait, il présente, penaud, le contenu de son baluchon à ses camarades.

– Des côtelettes *pojarski*, du champagne et même du caviar, Môssieur s'embête pas ! se pâme exagérément un ouvrier.

– Partage donc, camarade ! glisse un troisième. J'ramène un carafon de kvass. Vous restez avec nous, les tourtereaux ?

– Non merci camarade, on a des affaires à régler, lui répond Vitali.

Près de la place Teatralnaïa, accompagnés de militaires aux capotes ensanglantées, des ouvriers euphoriques aux vareuses déchirées braillent *La Marseillaise des travailleurs*. Et leur chant me donne un coup au cœur, si violent que j'en ai le souffle coupé. Ils sont couverts de cocardes, de rubans et de brassards rouges. L'image du filet de sang qui coulait sur le menton de Piotr m'apparaît abruptement. Je cligne des yeux pour faire disparaître cette vision et me force à réguler ma respiration. Levant la tête, j'aperçois les habitants d'un élégant immeuble de pierre qui observent avec méfiance la rue depuis leur balcon aux décors végétaux. Je sens la main de Vitali se poser sur mon épaule, le visage de Piotr s'efface, j'inspire longuement, emplissant mes poumons d'air.

Plus loin, des paysans en houppelande crasseuse et en chapka nous saluent à grands cris de victoire :

– Vive la révolution !

– La Terre pour tous !

Vitali les gratifie d'un vibrant et sincère « Vive la révolution, camarades paysans » puis il s'accroche à mon poignet.

– Ferme les yeux, c'est moi qui te guide maintenant, m'intime-t-il.

Trébuchant contre la moindre aspérité du sol, je mesure le courage de ma grand-mère qui a appris à se repérer dans les ténèbres à force de patience et d'obstination. Et je m'appuie sur Vitali pour me sentir plus en équilibre. Nous passons de la dureté des pavés à de la terre meuble, sans doute celle des squares de la vaste place Teatralnaïa. Vitali entoure soudain ma taille, je m'immobilise, il pose un bras sur mon épaule et me récite une strophe de notre poète préféré :

J'irai au bout de cette errance
fatigué,
dans un dernier délire,
je jetterai votre larme
au sombre dieu des orages
près de la source des croyances sauvages[1].

Je garde les yeux fermés, les vers voltigent dans ma tête, les mots se transforment en notes, les notes en mélodie.

– Tu es prête ? chuchote-t-il d'un ton mystérieux. Je compte jusqu'à trois et tu ouvres les yeux. Un… Deux… Trois…

Devant moi, se dresse, majestueux, le théâtre Bolchoï et ses colonnades blanches. Des éclats d'obus et de mitraille grêlent sa façade, stigmates des affrontements.

– Peut-être y chanteras-tu un jour ?

– Tu es fou ! Moi ? Chanter au Bolchoï ?

Et j'éclate de rire tant cette idée me paraît incongrue. Des corbeaux tournoient au-dessus des drapeaux rouges, funestes oiseaux noirs défiant la neige, leurs croassements résonnent dans le ciel blafard. Je repense à la mouette soudée à son théâtre,

1. Extrait de *Vladimir Maïakovski, tragédie*, 2e acte, 1913.

prisonnière d'un destin qu'elle n'a pas choisi, et me tourne gravement vers Vitali.

– Chanter au Bolchoï ? Et pourquoi pas après tout ?

– Dans le nouveau monde, on fera en sorte que les petites-filles de couturières puissent devenir chanteuses d'opéra, me certifie-t-il.

La neige est toujours aussi douce, le regard de Vitali brille d'espoir et je présente mon visage au ciel. Quelqu'un sait-il, là-haut, ce qui nous attend ?

Épilogue

Tatiana Ivanovna épouse Vitali Mourovine en 1920. En 1926, ils ont un fils qu'ils nomment Piotr en mémoire de l'ami d'enfance de Tatiana. Sa grand-mère, Evguenia Sergueïevna, vit avec eux jusqu'à l'âge de quatre-vingt-dix ans et s'éteint paisiblement dans son sommeil. Le père de Tatiana et Lena décède sur le front en Ukraine à la fin de l'année 1917.

Grâce à son immense talent de mezzo-soprano, Tatiana Ivanovna est intégrée à la troupe du théâtre Bolchoï dès 1923. Elle devient rapidement l'une des chanteuses d'opéra les plus acclamées de Moscou et est l'une des premières artistes à recevoir, en 1937, la plus haute distinction d'Artiste du peuple de l'URSS[1]. Elle participe à la fondation d'une école

1. Titre honorifique, adopté le 13 janvier 1937, et décerné aux personnalités du domaine de la culture en Union soviétique.

nationale de chant à laquelle elle est très attachée, l'accès à l'éducation musicale pour tous étant l'un de ses principaux engagements. Toujours glorifiée comme l'une des meilleures chanteuses d'URSS, Tatiana meurt de vieillesse en 1985.

Son fils, Piotr Vitalovitch, se consacre à la pédagogie artistique et invente une méthode reconnue d'enseignement musical qu'il met en pratique dans son école de musique à Moscou. Il épouse en 1948 Ania Petrovna, une jeune danseuse du Bolchoï. Leur fille, Evguenia, naît en 1955. Cette dernière devient costumière et styliste. Tatiana a ainsi la joie de voir sa petite-fille reprendre le flambeau du talent de couturière de sa grand-mère. Âgée en 2017 de soixante-deux ans, Evguenia crée encore les costumes pour les ballets et les opéras programmés au théâtre Bolchoï mais s'apprête à prendre sa retraite.

La sœur de Tatiana, Lena Ivanovna, combattante bolchevik pendant la révolution, étudie ensuite à l'université ouvrière centrale de Moscou qui forme les futurs cadres du Parti. Élue députée au Soviet Suprême de Moscou, elle est victime des purges staliniennes en novembre 1937. Tatiana Ivanovna a droit à une entrevue exceptionnelle avec Joseph Staline qui lui accorde la grâce de sa sœur : celle-ci n'est donc pas exécutée, mais envoyée au goulag* en Sibérie. Elle y reste près de dix-huit années et recouvre la liberté deux ans après la mort du dictateur, lors d'une première phase de réhabilitation des prisonniers politiques ordonnée par le nouveau dirigeant de l'URSS, Nikita Khrouchtchev.

Lena s'installe alors à Moscou avec Tatiana, Vitali et leur fils Piotr à la fin de l'année 1955. Elle a du mal à retrouver un équilibre. Sa sœur finit par lui procurer un emploi au guichet du théâtre Bolchoï où elle s'épanouit, renouant avec son sens de la convivialité. Son jargon d'avant-guerre et d'ancienne du goulag et les tatouages qu'elle a rapportés de Sibérie en font même un personnage indispensable du théâtre, apprécié autant des spectateurs que du personnel. Elle garde également pendant de longues années des liens forts avec ses amies qui ont survécu au goulag et leur rend visite régulièrement dans les différentes villes où elles vivent.

Malgré les années de camp, Lena a une santé de fer : elle vit jusqu'en 1991. Elle assiste ainsi à l'effondrement du régime soviétique qui fut son plus grand rêve avant de devenir un cauchemar.

Quant au mari de Tatiana, Vitali, membre discret de l'Union des artistes d'URSS, il a la chance d'échapper aux différentes purges. Il se spécialise dans l'illustration de livres pour enfants, notamment des contes russes traditionnels. Cette activité lui permet de développer son travail de graveur et de typographe. Il poursuit parallèlement son activité de peintre abstrait dans le secret. Pendant des années, il ne montre à personne, à l'exception de sa femme, les tableaux interdits qu'il peint dans sa chambre.

Une première exposition de ses œuvres a lieu en 1960 mais ne rencontre pas le succès escompté, la peinture non figurative n'étant toujours pas considérée comme une véritable forme artistique en Union Soviétique.

Une maladie foudroyante le terrasse en 1969. Au cours des années 70, les galeries et musées occidentaux s'intéressent de plus en plus à l'art russe abstrait, futuriste et constructiviste. Ayant rencontré de nombreux représentants du monde culturel pendant ses tournées internationales, Tatiana entre en contact avec des collectionneurs et leur présente l'œuvre de son mari. Grâce à sa persévérance, les peintures de Vitali acquièrent une certaine notoriété sur le marché de l'art à Londres, à Paris et à New York.

Son nom est désormais connu des amateurs de l'avant-garde russe et la cote de ses tableaux augmente considérablement dans les années 90. Ils sont aujourd'hui régulièrement exposés dans les fondations et les musées nationaux.

LA RÉVOLUTION D'OCTOBRE

1917

Précisions de l'auteure

Le calendrier russe (julien) de la Russie tsariste était en retard de treize jours par rapport à notre calendrier grégorien. En février 1918, la Russie soviétique adopte le calendrier grégorien : le 31 janvier devient le 14 février. Toutefois, l'histoire conserve les dates du calendrier russe pour relater la révolution, d'ailleurs désignée comme révolution d'Octobre (alors que selon notre calendrier, elle se déroulait en novembre). J'ai donc choisi de caler les dates de la révolution sur le calendrier russe (julien).

Une barricade dans les rues de Moscou durant la révolution de 1917.

À Moscou, en 1917, les insurgés se réunissent rue Tverskaïa, autour de la statue du général tsariste Mikhaïl Skobelev (1843-1882) devant l'ancien palais du Gouverneur, devenu comité révolutionnaire militaire.
La statue a été déboulonnée après la révolution.

Le poète Vladimir Maïakovski (1893-1930) en 1910. Il a alors 17 ans.

Maquette de Vladimir Maïakovski, conservée à Moscou au musée Vladimir Maïakovski, pour les costumes de sa pièce *Mystère Bouffe*.

Vladimir Maïakovski écrit *Mystère Bouffe* pour le premier anniversaire de la révolution d'Octobre. La pièce est jouée pour la première fois à Petrograd (aujourd'hui Saint-Pétersbourg) le 7 novembre 1918 et déclenche des débats houleux sur l'engagement politique et l'art. Les décors et les costumes sont réalisés d'après les dessins de Maïakovski lui-même.

Les costumes ci-dessus sont ceux des personnages héroïques (dits « impurs ») de la pièce. Ils représentent des corps de métiers : un ramoneur, un allumeur de réverbères, un chauffeur, une couturière, un mineur de fond, un charpentier, un ouvrier agricole, un domestique, un cordonnier, un forgeron, un boulanger, une blanchisseuse, deux Esquimaux (un pêcheur et un chasseur).

Le théâtre du Bolchoï en 1910.

Construit par l'architecte Joseph Beauvais en 1825, le Bolchoï théâtre (qui signifie le *Grand théâtre*) est un bâtiment de style néo-classique. Il se trouve près du Kremlin et accueille depuis 1825 des pièces de théâtre, des opéras et des ballets. Il est le lieu de nombreuses premières historiques comme celle du ballet *Le lac des cygnes* de Tchaïkovski, le 4 mars 1877. Devenu un lieu symbolique de la puissance culturelle russe et soviétique, c'est en son sein que la mort de Lénine est annoncée en janvier 1924. Et il est si emblématique qu'il figure sur le billet de 100 roubles.

L'année 1917 en Russie

Au début de l'année 1917, la Russie traverse une crise profonde, qui a commencé au début du siècle. La modernisation est fragile et la Première Guerre mondiale a des effets économiques dévastateurs, en raison notamment du blocus des importations venant d'Europe occidentale et des efforts de guerre. Il y a de graves problèmes d'approvisionnement et de ravitaillement dans les villes. Le pain est rare. Les grandes usines manquent de combustible et de matières premières, les ouvriers sont au chômage.

Ce sont des manifestations ouvrières spontanées de femmes qui mettent le feu aux poudres en février 1917. Et la mutinerie des régiments de la garnison de Petrograd fait basculer cette « émeute de la faim » en révolution.

Cette première révolution, menée par le peuple, balaye le tsarisme et la dynastie des tsars, les

Romanov. Nommé par les députés de la Douma nationale, organe consultatif, le gouvernement provisoire ne met pas fin à la guerre et ne règle pas le problème de la terre. Il ne répond pas aux attentes et aux besoins du peuple.

Sa volonté démocratique d'attendre l'élection d'une Assemblée constituante en bonne et due forme ne tient pas compte de l'urgence sociale.

Les dizaines de millions de paysans-soldats miséreux et les deux millions de prolétaires se rebellent de plus en plus au cours de l'année. Des soldats sont élus dans les soviets des régiments, des ouvriers dans les soviets des usines. Ces assemblées représentent le peuple qui réclame la Paix, la Terre et du Pain. Ce sont des lieux de débats et de remises en cause des dirigeants, terreau de la révolution.

Le parti bolchevik devient peu à peu majoritaire au sein de ces soviets d'usines, de régiments, de villages et de quartiers.

Dès l'été 1917, les paysans-soldats se rebellent, les soldats désertent les champs de bataille, les ouvriers des grandes villes se mobilisent. La colère gronde. Une révolte spontanée des ouvriers et soldats de Petrograd est écrasée par l'armée en juillet.

En octobre, la Russie est en proie à la famine. Les grèves et les menaces de coups d'État se multiplient.

Les ouvriers et les soldats réclament l'armistice et leur colère contre le gouvernement provisoire grandit.

Ce dernier ne veut rien décider avant l'élection de l'Assemblée constituante, qui sera à la base du gouvernement démocratique et définitif.

Le peuple refuse ce gouvernement qui n'écoute pas ses revendications et que les bolcheviks considèrent capitaliste et bourgeois.

Ayant rallié une grande majorité d'ouvriers, de marins et de régiments de soldats, les bolcheviks s'emparent de tous les points stratégiques de Petrograd dans la nuit du 24 au 25 octobre.

Le lendemain, ils prennent le palais d'Hiver* sans se heurter à une grande résistance.

À Moscou, le pouvoir se partage entre les soviets, la Douma municipale et le gouvernement provisoire et les Moscovites ne savent plus trop qui gouverne leur ville.

L'assemblée municipale est à majorité modérée, dominée par les cadets. Ces derniers, qui ont le soutien des junkers, s'opposent aux bolcheviks pacifistes, qu'ils voient comme des traîtres prêts à sacrifier leur patrie pour la céder aux ennemis allemands. Par contre, la plupart des soviets de quartiers, qui ont élu leurs propres représentants, sont ralliés aux bolcheviks.

Le lendemain de la prise de Petrograd, la révolte se met en branle à Moscou.

Ce récit se déroule pendant la semaine d'insurrection qui s'y déroule à partir du 26 octobre 1917.

Glossaire militaire, politique et social

L'armée impériale de Russie pendant la Première Guerre mondiale

Suite à la crise en Serbie de l'été 1914, l'armée russe entre en guerre contre l'Empire austro-hongrois. L'Allemagne déclare alors la guerre à la Russie et à la France les 1er et 3 août 1914. Les alliés de la Russie sont la France, l'Empire britannique, l'Italie, la Serbie, puis la Roumanie et les États-Unis. Leurs adversaires sont l'Autriche-Hongrie, l'Allemagne, l'Empire ottoman et la Bulgarie.

Les troupes impériales russes comptent près de quatorze millions d'hommes. Après de graves défaites en 1914 et 1915, le redressement de 1916 cache une extrême lassitude devant l'énormité du sacrifice : les pertes militaires et civiles s'élèvent à plus de 3 millions de victimes, 1 900 000 militaires et 1 500 000 civils. La dernière offensive du gouvernement provisoire, en juillet 1917, est un terrible échec.

Bolcheviks

Membres d'une fraction du Parti ouvrier social-démocrate de Russie, créé en 1903 sous la direction de Lénine. Cette fraction devient un parti indépendant en 1912. En 1918, le Parti bolchevik est renommé Parti communiste.

Cadets

Ce mot est formé par les initiales du parti constitutionnel (K) démocrate (D). Pendant la révolution, ses membres deviennent les plus politiquement modérés, anti-révolutionnaires, favorables à la guerre, voire tsaristes. Les insurgés taxent de cadets les ennemis de la révolution.

Comité révolutionnaire militaire (CRM)

Nom des organes militaires des soviets au début de la révolution d'Octobre.

Les CRM dirigent les insurrections. Le CRM de Moscou est élu le 25 octobre par les soviets d'ouvriers et de soldats. Il est à grande majorité bolchevik mais compte quelques mencheviks qui le quittent le 28 octobre.

Douma municipale de Moscou

C'est l'assemblée municipale autonome de Moscou.

En 1917, ses élus sont majoritairement socialistes-révolutionnaires et modérés (cadets). Présidée par le maire de Moscou, socialiste-révolutionnaire, elle est élue par une petite partie privilégiée de la population (des propriétaires, des fabricants, des négociants…).

En octobre 1917, elle ne représente plus le peuple qui s'exprime davantage dans les soviets d'usines et de quartiers.

Suite à la formation d'un soviet des assemblées de quartiers à majorité bolchevik, le 24 octobre, les élus fondent le Comité de salut public, approvisionné en armes et munitions. Des gardes dites « blanches » se forment, dont les junkers constituent le noyau.

Douma nationale

Créée en 1905 par le tsar Nicolas II, cette Assemblée nationale consultative, non législative, est élue au suffrage restreint et indirect. Après l'agitation révolutionnaire de 1905, sa formation constitue un premier pas vers l'établissement d'une monarchie constitutionnelle. Quatre Doumas se succèdent de 1906 à 1917.

Goulag

Direction générale des camps en URSS, désignation courante des camps à partir de 1930.

Gouvernement provisoire

Créé par le comité exécutif provisoire de la Douma nationale après l'abdication du tsar en mars 1917, il disparaît pendant la révolution d'Octobre. Il est dirigé par Alexandre Kerenski et siège au palais d'Hiver de Petrograd, la capitale politique de la Russie. Constitué de bourgeois et de nobles libéraux, il est démocratique mais ne met pas fin à la guerre et ne règle pas le problème de la terre. Il ne répond pas aux attentes et besoins du peuple. Sa volonté démocratique d'attendre l'élection d'une Assemblée constituante en bonne et due forme ne tient pas compte de l'urgence sociale. Le gouvernement provisoire s'oppose au soviet de Petrograd né au même moment, composé par les représentants élus des ouvriers de Petrograd et des soldats mutinés, où dominent les idées des sociaux-démocrates russes (mencheviks et bolcheviks).

Junkers

Élèves officiers puis tous les soldats armés défendant le gouvernement provisoire contre les bolcheviks.

Orthodoxie

Religion chrétienne en Russie. Le clergé est dirigé par le métropolite de Moscou et les églises par des popes. C'est la religion associée aux tsars, considérés comme les représentants de Dieu sur Terre.

Palais d'Hiver

Ancien palais du tsar (l'hiver) et siège du gouvernement provisoire.

Petrograd

Capitale politique de la Russie, où siège le gouvernement provisoire de Kerenski. La ville, qui s'appelait Saint-Pétersbourg jusqu'en 1914, prend le nom de Petrograd suite à la guerre contre les Prussiens (Pétersbourg ayant une connotation allemande). Elle s'appellera Leningrad en 1924 après la mort de Lénine.

Soviet

Ce mot signifie conseil en russe. Il s'agit de comités ou d'assemblées élus par les ouvriers dans les usines, les habitants des quartiers et des villages et les soldats dans les régiments. On dit soviet d'ouvriers, soviet de soldats, soviet de paysans et soviets locaux. C'est au sein de ces soviets que les bolcheviks ont été élus à la majorité et ont fait connaître leurs idées et programmes.

Tsarisme

Régime monarchiste qui s'achève en Russie en février 1917. Les tsars sont autocrates, ils ont tous les pouvoirs (législatif, exécutif et judiciaire) et sont sacrés à l'église. La dynastie régnante en 1917 est celle des Romanov depuis trois siècles. Le mot tsar vient de César et a été institué au XVIe siècle par Ivan le Terrible qui se considérait comme un empereur digne des empereurs romains.

Les femmes et la révolution

Le 23 février 1917 (le 8 mars de notre calendrier), des ouvrières, notamment du textile, manifestent à Petrograd pour réclamer du pain et le retour de leurs maris partis au front. Leur défilé, suivi d'une grève, déclenche le mouvement social menant à la chute du tsar une semaine plus tard. La grève s'étend rapidement et spontanément à l'ensemble du prolétariat de Petrograd. Aux revendications de pain et de paix immédiate, s'ajoutent les cris « À bas l'autocratie » et les pancartes « À bas le tsar ». En quelques jours, la grève de masse (200 000 personnes dans les rues) se transforme en insurrection, avec le ralliement des soldats à la révolte. Encouragés par les révoltées, les soldats tournent leurs baïonnettes vers leur ennemi commun : la monarchie tsariste.

Ce rôle clé des femmes dans une révolution n'a rien de nouveau. Les femmes, qu'elles soient de milieu aisé ou populaire, sont très souvent les premières à entrer en lutte. Le 5 octobre 1789, c'est par exemple une foule composée massivement de femmes du peuple parisien qui marche sur Versailles pour réclamer du pain à Louis XVI. Après deux jours et une nuit de négociations et de manifestations, le roi, la reine et le dauphin quittent Versailles pour Paris : les femmes ramènent « le boulanger, la boulangère et le petit mitron » dans la capitale.

Il en va de même pour la Commune. Après la défaite de l'armée française contre les Prussiens, en automne 1871, dans un Paris qui refuse l'armistice, ce sont les lavandières qui sont l'amorce de la Commune de Paris : le 18 mars 1871, à cinq heures du matin, elles lancent l'alerte en surprenant les soldats versaillais qui tentent de s'emparer des canons de la Garde nationale sur la butte Montmartre. Elles rameutent une foule qui s'assemble autour des canons. Là encore, les soldats dialoguent avec les habitants, boivent et mangent les provisions que les femmes leur apportent. Lorsque l'ordre leur est donné, ils refusent de tirer sur la foule qui se jette au-devant d'eux en criant « Ne tirez pas ! ». Au contraire, jetant leurs fusils, ils se rallient aux fédérés. La Commune commence.

En outre, pendant ces périodes révolutionnaires, des femmes de tous les milieux prennent des positions politiques, se réunissent en clubs ou groupes, revendiquent plus de place dans la vie civique, élaborent des propositions pour améliorer leur situation sociale.

Glossaire artistique

Futurisme russe

Le futurisme est un mouvement littéraire et artistique européen du début du XXe siècle, qui rejette la tradition et exalte le monde moderne, en particulier la civilisation urbaine, la machine et la vitesse. Le futurisme russe regroupe des poètes et des artistes qui répudient les contenus et formes du passé : refus de la poésie faisant l'éloge de la nature et de l'amour, du lyrisme, de toute mièvrerie et sentimentalisme, de l'imitation réaliste, des principes établis et des chefs de file.

C'est principalement un courant littéraire, mais dans une volonté de mêler tous les arts, de nombreux poètes futuristes (Vladimir Maïakovski et David Bourliouk, entre autres) s'essayent à la peinture tandis que des peintres comme Natalia Gontcharova, Mikhaïl Larionov et Kazimir Malevitch s'inspirent des poèmes pour créer des œuvres abstraites.

Les formes comme les mots ou les couleurs doivent exprimer le rejet du passé. Les néologismes, les onomatopées, deviennent des figures de style tout comme les formes géométriques en peinture.

Le futurisme de Maïakovski s'engage aussi dans le monde en s'opposant aux principes politiques, sociaux et religieux de l'ancien temps et accompagne les mutations de la révolution.

Après la révolution, le groupe de Maïakovski influence la culture soviétique jusqu'aux années 20. Puis les tendances modernistes sont bannies en URSS par le retour imposé au réalisme et aux formes conventionnelles en peinture et en littérature.

Vladimir Maïakovski (1893-1930)

Célèbre poète, dramaturge, acteur, théoricien, peintre, affichiste et scénariste russe. Ses premiers poèmes sont publiés dans les recueils futuristes en 1912.

Studio d'Art théâtral de Moscou

Annexe du théâtre d'Art, fondé et dirigé par Constantin Stanislavski, ce centre de formation au jeu d'acteur était aussi appelé le *laboratoire* car il était un lieu d'expériences théâtrales selon la méthode de Stanislavski. Il était situé au cœur du quartier dans lequel s'est déroulée l'insurrection de Moscou.

Pendant la révolution, des troupes d'étudiants comédiens ont continué à y travailler sur différentes pièces. Toutes les productions du studio pendant la Première Guerre mondiale étaient d'ailleurs imprégnées de sentiments chaleureux, d'optimisme et d'antimilitarisme (comme *Le grillon du foyer*, une pièce adaptée de la nouvelle de Charles Dickens).

Si le studio a réellement existé, l'accueil d'un événement d'art futuriste consacré à Maïakovski est une invention romanesque. Le « non-récital poétique » relève aussi de la fiction.

Constantin Stanislavski (1863-1938)

Comédien, metteur en scène et professeur d'art dramatique russe, directeur du théâtre d'Art de Moscou et fondateur du premier studio d'Art théâtral, lieu de formation des acteurs. Il est l'inventeur d'une méthode d'enseignement du jeu d'acteur très innovante, à la base de l'*Actor Studio*.

Bibliographie

Marie-Christine Autant-Mathieu, *Le théâtre d'Art de Moscou : Ramifications, voyages,* CNRS éditions, 2005.

Vassili Axionov, *Une saga moscovite*, roman, Gallimard, 1995.

Isaac Babel, *Chroniques de l'an 18 et autres chroniques (1916)*, recueil de nouvelles, Actes Sud, 1999.

Mikhaïl Boulgakov, Le *roman théâtral*, roman, Robert Laffont, 2005 (1re édition française, 1966).

Irina Bouseva-Davydova, Maria Nachtchokina, *Promenades architecturales dans Moscou*, Flies France, 1996.

Hélène Carrère d'Encausse, *L'URSS de la Révolution à la mort de Staline*, Seuil, 1993.

Elisabeth Gille, *Le mirador*, roman, Stock, 2000.

Andrea Graziosi, *Histoire de l'URSS*, PUF, 2010.

Robert Littell, *Requiem pour une révolution*, roman, Baker Street, 2014 (1re édition 1988).

Vladimir Maïakovski, *poèmes, anthologie*, Messidor/Temps actuels, 1985.

Michel Ossorguine, *Une rue à Moscou*, roman, L'Âge d'Homme, 2001.

Paris Moscou 1900-1930, catalogue d'exposition, Centre Georges-Pompidou, 1979.

Boris Pasternak, *Le docteur Jivago*, roman, Gallimard, 1957.

Jean-Michel Payet, *Dans la nuit blanche et rouge*, roman, Les grandes personnes, 2012.

John Reed, *Dix jours qui ébranlèrent le monde*, Seuil, 1996 (1re édition 1919).

Constantin Rudnitski, *Théâtre russe et soviétique, avant-garde et tradition, 1905-1935*, Thames & Hudson, 2000.

Victor Serge, *La Révolution d'Octobre à Moscou*, septembre 1920, Le bulletin communiste numéro 36-37 (deuxième année), 1er septembre 1921.

Constantin Stanislavski, *La formation de l'acteur*, Petite Bibliothèque Payot, 2001 (1re édition 1963).

Alexeï Tolstoï, *Le chemin des tourments*, roman, éditions du Progrès, Moscou, 1977.

Nicolas Werth, *Histoire de l'Union soviétique de Lénine à Staline*, PUF, 1998 ; *Les révolutions russes*, Que sais-je ?, PUF, 2017.

Filmographie

Octobre, long métrage, réalisation de Sergueï Eisenstein et Grigori Alexandrov, 1928.

Lénine en octobre, long métrage, réalisation de Mikhaïl Romm, 1937.

Esclave de l'amour, long métrage, réalisation de Nikita Mikhalkov, 1976.

Podcasts de radio

Moscou 1917, émission animée par Stéphanie Duncan, *Autant en emporte l'histoire*, France Inter, 24 avril 2016.

Révolutions russes, émission *La fabrique de l'histoire*, par Emmanuel Laurentin, France Culture, quatre épisodes, février 2017.

Table des matières

L'auteure

Avant d'écrire pour la jeunesse, Carole Trébor a été historienne, spécialiste de l'histoire culturelle russe et réalisatrice de documentaires (Ina.fr, Arte.tv, Youhumour.com, *Silence ça pousse* sur France 5). Après avoir écrit des pièces de théâtre chanté (*Merci l'ours, Noctambule, Au cirque Fanfaron*), elle s'est lancée dans l'écriture de romans pour adolescents.

Sa trilogie historique-fantastique ***Nina Volkovitch***, qui se déroule en Russie en 1948, a remporté un bel accueil auprès des adolescents et un beau succès critique (douze prix littéraires en 2013-2014). En 2015, elle est l'une des auteurs de la saga *U4*, véritable phénomène de la littérature ado. Étant parisienne, elle a écrit le tome consacré à Jules, le survivant qui habite la capitale (**U4. Jules** chez Nathan-Syros).

Après cette incursion dans un univers post-apocalyptique, elle est heureuse de retrouver avec

Lumière, le voyage de Svetlana le genre historique-fantastique qu'elle affectionne.

Révoltées est le premier roman purement historique qu'elle écrit pour le centenaire de la révolution russe.

Remerciements

Je remercie mon éditrice, Murielle Couëslan, de m'avoir encouragée à me lancer dans la rédaction de ce livre. L'écrire m'a donné la chance de me plonger dans cette période effervescente et de me questionner sur ce que la révolution de 1917 a été intrinsèquement, en dehors de la dictature qui lui a succédé. Cela m'a permis aussi de clarifier mon positionnement face à cet épisode de l'histoire qui a tendance à s'effacer des mémoires. Et de me questionner sur les manières de s'engager et de trouver sa place dans une révolte collective.

Merci aussi à Florence Rech que j'ai obligée à faire une carte précise de Moscou, sur laquelle elle devait noter des ruelles aux noms imprononçables. Merci pour sa gentillesse et la rigueur de ses retours.

Merci à Louise Rossignol qui a si bien compris les enjeux de mon roman, à Marie Rébulard qui a su une fois encore magnifiquement les exprimer visuellement grâce aussi au talent d'Iris Hatzfeld. Un grand merci à ma camarade Valentine Goby pour la beauté, la justesse et la précision de ses mots.

Merci à mon père et à Nadia, dont les retours d'historiens exigeants m'ont amenée à retravailler ce texte à plusieurs reprises pour approfondir les personnages et leurs liens à la révolution.

Mention spéciale à Nathalie qui lit désormais, la pauvre, tous mes manuscrits.

Comme toujours, merci à mes enfants adorés, lumières dc ma vie, à ma mère chérie, à mes amis chers et à mon bel amoureux.

Crédits

PAPIER À BASE DE FIBRES CERTIFIÉES

RAGEOT s'engage pour l'environnement en réduisant l'empreinte carbone de ses livres. Celle de cet exemplaire est de :
550 g éq. CO_2
Rendez-vous sur www.rageot-durable.fr

Cet ouvrage a été composé par IGS-CP
à L'Isle-d'Espagnac (16)

Achevé d'imprimer en France
en août 2017
chez Normandie Roto Impression s.a.s., Alençon
Couverture imprimée par Boutaux, Le Theil-sur-Huisne
Dépôt légal : novembre 2017
N° d'édition : 5623-01
N° d'impression : 1702538